SORCEROUS STABBER ORPHEN

魔術士オーフェンはぐれ旅

Season 4 : The Pre Episode

約束の地で

秋田禎信
YOSHINOBU AKITA

SORCEROUS STABBER
ORPHEN

CONTENTS

約束の地で

ケシオン・ヴァンパイアは忘れ去られた伝説のひとつだ。

かつてキエサルヒマにて〝発病〟し、多くの被害を及ぼした。ケシオンは魔術士であり、白魔術士の開祖のひとりとされている。肉体を捨て去る実験中、異変を起こし、怪物と化した。

詳しい記録は残っていない。不自然なほどに。

彼について調べた者は、洞察力があれば同様の疑問を持っただろう。いくら戦乱期であったとはいえドラゴン種族の聖域まで破壊したほどの術者の記録がないというのはおかしい。当の事件のみならず、ケシオンの出生、家族、成長の過程すべてが謎に包まれている。彼が人間ではなく、女神が放った魔獣だったと言う者もいる。ドラゴン種族は総力をあげて対ケシオン用の戦術を結集し、彼を滅ぼした。

彼の名を伝えたのは——奇妙といえば奇妙だが——地人種族の口伝である。彼らはケシオンを恐れ、人間種族を嫌悪する理由の第一として今なお挙げる者がいるほどだ。人間種族は悪魔であると。

ケシオン・ヴァンパイアの伝説は、いくつかの言葉として残るに過ぎない。

まずはヴァンパイアという魔性の呼び名。

彼を滅ぼした大魔術〝世界樹の紋章の剣〟。

そして彼の魔剣、オーロラサークル。

◆◇◆◇◆

マヨール・マクレディは非の打ち所のない青年であったし、優れた成績を修めた魔術士の一員として、いずれはキエサルヒマ魔術士同盟を代表するものと期待されている。ただ彼は、父親が（内心こっそりと）ショックを受けているのも知っていた。

「百パーセント、お前の遺伝子だけじゃないか」

父が母にそう言ったのは、もちろん冗談だったのだろうが、本音も半分は混じっていたのではないだろうか。成長するにつれて母親に似てくる息子を、父親は腑《ふ》に落ちない心持ちで見守っていたようだ。

キエサルヒマの魔術士の多くは結婚しない。マヨールは母親の元で育った。両親は同じ街に暮らしていたし、ほぼ同居していたのだから、籍を入れなかったのは単なるこだわり以上の意味はなかったろう。

彼としても些細《ささい》なことだった。《牙の塔《きばのとう》》でも恐れられる教師ふたりを両親に持ったことについてなにか思うことがあるかというと、最も優れた術者のうちそのふたりを師の候補から外さないといけないという単純な損だけだ。結局彼はイザベラ・スイートハート教師に師事した。「あんた見てるとなんかムカムカすんのよね」と言われた時だけ、母の凶暴な遺伝子が父のそれを全部喰《く》い殺したことについて、やや責めた。

おおむねのところ彼は不満を持っていなかった。キエサルヒマ大陸では確固たる地位を得るだろう。それだけの自負も、修練によって育った。マリア・フウォンが新たなる《十三使徒》を構成するのに彼を候補に入れているのも知っている。それに難色を示しているのは父で、父は彼が我が子でさえなければ、満を持して教師補に推しただろう。《牙の塔》は生え抜きの人材が中心となって盛り立てていかないと、とは父の口癖だ。マヨールも同感である。海の向こうの開拓地で、たかだか開校十年程度の魔術学校が不相応な評価を得ているとなればなおさら――

「スウェーデンボリーに学べ、よ。お兄ちゃん」

ある朝に発された妹のそれは、爆弾発言だった。

少なくとも父はシリアルを吹き出しそうになって、新聞に顔を隠した。

母は動じない。聞いた素振りもなくトーストにジャムを塗っている。だがこの屋敷の中で発された言葉について、母がなにかを聞き逃すことなどはないと、マヨールはよく知っていた。

「近頃よく聞く標語ね」

と、素っ気なく母がつぶやく。スプーンがトーストを擦《こす》るザリザリいう音は今までと変わらないはずだが、なにか意味を持って音色を変えたようにも聞こえる。

我が家にて無敵の存在は母だった。しかし近年、パワーバランスには変化が見られる。

ベイジット・パッキンガムが十五歳になり、それが顕著になった。妹は雰囲気を読まないことにかけては達人だ。

「うん」

明るくうなずいて、ベイジットは遺憾なくその特技を披露した。

「みんな言ってるワケ。だからアタシも言っちゃうの」

「単なる流行？」

母は訊《き》いてから、塗りおえたトーストを上品に齧《かじ》った。

マヨールは父を見た。彼はまだ新聞に顔を隠していたが、それは家庭の暴神ふたりに対してであって、横からマヨールに視線で指令を出している。〝おい、お前、腹の痛いふりをしろ〟

〝そりゃ五歳の時の手だよ〟とマヨールは返信した。通じたかどうかは知らない。

ベイジットは母に似ていない。しかし父にも似ていない。受け継いだ素養として似ていないというより、素行の問題だろうか。ベイジットは黒髪を嫌った。重いし、頭がでかくなるからだという。十歳の時から小遣いで安物のヘアダイを買うようになった。鮮やかな青色から黄色、赤も。次々変えるので、彼女の髪はいつも安っぽい虹の色になっている。

ヘアダイを買っていたら遊ぶ金がないというので、十二の時からお駄賃稼ぎのバイトを始めた。教師の使い走りをするのはそれなりのリスクがある――機嫌取りとして同級には嫌われるし、そもそも大抵がただ働きだ。だがベイジットは実に献身的に教師たちに尽くして信頼を勝ち取った。そしてバレないよう試験問題を盗み見て、生徒たちに情報を売っている。人気と小遣い、両方を稼いでいた。

ベイジットはついさっきも、いつも半分しか朝食を食べない件で母と口論したばかりだ。母はともかく妹はもうそんなことは記憶の彼方《かなた》にすっ飛ばしてしまったようで、残ったままのオートミールを遠くに押しのけながら機嫌良く鼻を上げる。

「流行って大事でしょ？　なんかねー、魔王の印とかタトゥーにしちゃってるコとかもいんの。カッコいいんだ、それが」

「学校が知ったら――」

「うん。怒られるよね。でも入れたもんを消せるワケじゃないし。でも変なの。なんで魔王がいけないわけ？　もう犯罪者じゃないんでしょ？」

「入れ墨が――」

母はそこで一拍おいた。

「風紀に反するの。それに魔王の印って？　そんなものはないでしょ」

「えー、そう？　じゃあこれ、ニセモノ？」

あっけらかんと言って、彼女がスカートをまくって太ももを見せようとすると、平静を保っていた母がぽとりとトーストを落とした——慌てて思わず腰を浮かせている。だがベイジットが見せた足には、彼女が言うようなタトゥーは見あたらなかった。

家族が騙《だま》されたのを見て、ベイジットはにんまりと満足すると、そのまま席を立った。

「んじゃあ、いってきまーすっ」

みんな呆気《あっけ》に取られているうちに、言い残して彼女は食堂を出て行った。

スウェーデンボリーに学べ！

とは、特にこの《牙の塔》の教育についてこられない者や、校風に退屈した生徒の間で流行《はや》っている標語だった。

要は、ロックンロールってことだろう——とは父の言葉だ。呆《あき》れ半分で、父は言った。「その類の言葉は、もちろん我々の世代にもあったさ。麻疹《はしか》のようにかぶれて、そして、治った。そういうものなんだ。一度かかっておくことは大事だ。それだけだよ」

タフレム市から《牙の塔》に通う者はそう少なくもない。望めば寮に入ることもできたが、マヨールは同級の連中に馴染《なじ》めず、ベイジットは「臭いじゃん、あの建物」と言って自宅からの通学を選んだ。

市から出る、長い道のりだ。乗り合い馬車を使う。マヨールは遅れて家を出たが、ダラダラ歩いているベイジットにすんなり追いついた。同じ馬車に乗って、あえて離れて座ろうとしたところ――また特技を発揮して――妹は隣に割り込んできた。

「だからさー、お兄ちゃん」

いかにも話の続きをしていたかのような話し方は、妹の癖だ。割り込まれた女生徒の抗議を無視してベイジットは続けた。

「母さんをからかうコツはさ。なんにも知らないフリをしてやるってことよ。向こうは教えたがりだから、なーんか言い出すワケ。そこをかわすの」

と、素早く回避する動きを手のひらで示す。

別にそんなコツは知りたくもない。マヨールはため息で応えた。

「親不孝だって考えはしないか?」

「なんで？　からかってるだけヨ」

「相手を心配させてる」

「兄ちゃんみたいになんでもひとりでできて、かまわないでオーラ出してんのも寂しがってるかもよー」

口の減らない妹だが、後はどうでもいい会話を意識の端に滑らせているうちに《塔》に着いた。上の空で受け答えしながらマヨールが考えていたのは授業のことだった。同じイザベラ教室のアンデス・コライムとは今日こそ決着をつけてやらないとならない。叩き潰す機会はいくらでもあった（そうだとも）が、イシリーンに遠慮して堪忍してきた。しかしさすがに終わりだ。ぐうの音《ね》も出ないほど凹《へこ》ませてやる。そうしたらきっと、イシリーンの認識も変わるはず——

「じゃあ、協力頼むね、お兄ちゃん。約束だよ！」

「ああ、うん」

生返事してから。

はっと、マヨールは顔を上げた。しかし気づいた時にはさっと逃げる足下の魚のように、妹は停《と》まる前の馬車から飛び降りて、グラウンドを横切り走り去っていく。

「なんだ？」

目を白黒させながら。

マヨールは周りを見た。ベイジットがいなくなってひとり分空いた席の向こうから、こちらを見ている女生徒と目が合った。

「ええと」

どんな質問なら間抜けに見えないか、そんなことを思うが、それは無理だとすぐ分かった。

「俺は今、なんの約束しました？」

笑った女生徒の口に八重歯が見える。彼女は簡潔にこう答えた。

「スウェーデンボリーに学べ！」

たかだか麻疹に過ぎない標語を、どうして両親が恐れるのか。

理由は簡単だった。それが身内に発生した麻疹だからだ。

この標語が流行りだしたのは数年前のことだ。

新大陸に渡った開拓団が落ち着いて、帰郷者も出るようになった。新大陸の開拓は効果をあげており、大きな富を築いた者もいる。魔術の分野にも多大な発展があった。そのひとつが、新大陸への魔術士の入植、それに伴う新たなる学舎の設立だ。

スウェーデンボリー魔術学校。

魔王の名を冠したその学校は——可笑《おか》しい皮肉と取るべきか、馬鹿げた冗談と取るべきか、かつて魔王として大陸を追われた魔術士、オーフェン・フィンランディが校長となって開設された。彼は並外れて腕の立つ魔術士として知られ、犯した罪業も凄《すさ》まじい。ドラゴン種族の聖域を破壊し、貴族共産会（当時は貴族連盟）に糾弾されると大陸を脱出するために内紛を扇動、多数の犠牲者を出した。開拓を手助けしたことで新大陸では英雄扱いだが〝魔王〟の異名は今なお恐怖とともに囁《ささや》かれている。

それほどの魔術士の記録が魔術士同盟にないというのは驚くべき話で、一説ではケシオン・ヴァンパイアと同じく女神の魔獣ではないかとも言われる。本物の魔王ではないかと恐れる者すらいた。

キエサルヒマ魔術士同盟は表向き、彼および彼の支配下にある新世界と協調、新大陸での魔術士保護を魔王に委託している。その彼を、講演のため《塔》に招いたのだ。

確か、そうだ――とマヨールは思い出した。三年前のことだった。

ほんの十数年前に大陸を戦火で焼いたという人物の帰郷に、魔術士ならずとも世間は色めき立った。無数の団体が魔王糾弾を再燃させ、暗殺やテロの噂《うわさ》が錯綜《さくそう》した。〝牙の塔の有志からなる歴史的価値回復集団〟の誘いにどう返事するか迷い、マヨールが相談すると、両親は奇妙な笑みを見せて「好きにしろ。そうだな。試しに本気でやってみろ」と言った。

実際には出る幕がなかった。機会がなかったといえば嘘《うそ》になる。まったくの嘘になる。魔王は配下の騎士団を率いてもどってくるものと思われていた。だがキエサルヒマに現れた魔王はただひとりで、港に降りるなりこう言ったそうだ。

「案内役にはマヨール・マクレディを指名する。両親は反論無用だ。出港の日にぶん殴られたお返しに、ぶちのめされたくなければな」

これは後に大きな混乱を呼んだ。《牙の塔》の教師フォルテ・パッキンガムおよびレティシャ・マクレディは、かつて魔王の野望を阻むべく決戦を挑んでいたのだ！

だがそんな栄誉に浴す間もなく、マヨールは彼の案内役に駆り出された。仲間からは、いや仲間だけではなくキエサルヒマ中の有志から、魔王抹殺の任務はすべて彼ひとりに託された。

重圧には慣れていた――優れた能力者であれば当然だ。

が、タフレム市に魔王を出迎える前日、マヨールは卒倒した。

それきり三日間、意識を回復しなかった。目が覚めると魔王は既にキエサルヒマを去り、新大陸へと帰っていったという。

「あ、案内役は⁉」

戸惑う彼に、母は告げた。

「ベイジットがやったわよ」

周囲の失望はマヨールを苦しめただろうか？

それが、全然だった。魔王の去った後、周囲はマヨールのことなどすっかり忘れていた。学校の各所に〝スウェーデンボリーに学べ！〟のビラがまかれ、反骨的な生徒はますます気勢を上げ、妹が魔王にかぶれた。

その最後のひとつが、家庭にとっての問題だった。

ベイジットの奇行にまたひとつ加わったのだ。

その日以来、妹は新大陸に渡ってスウェーデンボリー魔術学校へ転校することを両親に懇願し続けている。

その日の夜、ベイジットと母の口論を居間に置き去りにしてマヨールは自室に引き上げた。気分は良かった。アンデスには良い薬だったろう――まあ当初の計画とは少し違ったが。やる気をみなぎらせる生徒を見てイザベラ教師は「ボンクラ同士のじゃれ合いより、せっかくなら歯ごたえのある相手がいいでしょ」と特別ゲストを紹介した。マヨールとアンデスはふたりしてプルートー教師にぼろくそにやられたが、まあアレだ。アンデスのほうが一発か二発余分に殴られてたはず。多分……

イシリーンが腹を抱えて笑っていたのだけが計算外だったものの、考えるだけで肋骨《ろっこつ》が痛むのでもはやどうでもいい。さっさと寝ようと思っていると、部屋にもどって早々に扉がノックされた。

多少ならず驚く。扉を開けると父が立っていた。

「ちょっといいか」

「ええ。まあ」

と招き入れる。

「どうしたんですか？」

訊《たず》ねると父は、喧噪《けんそう》の滲《にじ》む廊下の奥を指さした。女ふたりの果てしない口論だか罵り合いだかがいまだ続いている。

「あれだ」

「避難所なら他にもあるでしょう」

大抵の場合、父は彼用に用意された客室に逃げ込む。

だが父は、いいや、と首を振った。

「そうじゃない。お前に話があってな」

「はあ」

席を勧めて、自分も座る。

父は時間を無駄にせず、すぐに切り出してきた。

「お前も新大陸に渡りたいのか？」

「あれは」

やりかけてその仕草が父のコピーだと気づくが、マヨールはそのまま手を振った。

「ベイジットがハメたんですよ。ぼくも一緒に行きたがってるって。そんなわけがないのに」

「そうか」

てっきり安堵《あんど》を見せるものと思いきや、父は微妙に険しく口を歪《ゆが》めると、それを親指で撫《な》でた。あごに手を当てて考え込んでみせる。

マヨールは不思議に思った。

「どうしたんですか？」

「お前が望むのなら――」

「ちょっと待ってくださいよ」

話の方向性が分からず、遮る。

「新大陸って、魔王の学校にですか？　ぼくは――」

「例の講演、お前は聞いてないいんだったな」

今度は遮られたが、マヨールはそちらに合わせた。

「講演録は読んでます。確かに過激で、現状に不満を持った奴なら同調するでしょうね。でも彼は」

「我々を見下している？」

「ええ、そう思いました」

つい膨れ上がった憤懣《ふんまん》に、マヨールは深呼吸して自分を落ち着けた。

父はそんなマヨールをじっと見つめている。

「そうだな。挑発的で、不遜な言葉をわざと選んでいた」

「でしょう、だから」

「だから、なんでそうしたんだろうか、わたしには疑問だった」

声の調子だけでマヨールを押しとどめ、彼は話を続けた。

「誰にでも分かるくらい分かり易く、あいつは魔王を演じて帰っていった。もちろん、奴が帰ってきたのは十数年ぶりだった。単に人が違ったのかもしれない。新大陸はいまや優位にある。あいつは現状、最も強大な権力を持った魔術士だ」

「……ぼくの知らないことがなにかあるんですか？」

嗅《か》ぎ取ってマヨールが問うと、父は苦笑してみせた。

「お前の知らないことは山ほどあるさ」

釈然とはしないものの、マヨールはなんとか筋の通った質問を頭の中で組み立てようとした。父があの魔王のなにを買いかぶっているのかは知らないが、なにかあるというのなら……それは探り出せるはずだ。

「なんで、ぼくが望むならなんですか？　ベイジットではなくて」

「お前がわたしなら、どう考える？」

「まあ、ぼくだってぼくを選ぶでしょうね」

不機嫌に認める。

肩を竦《すく》めて父は続けた。

「ベイジットを連れて行け。見張り、引率、なんでもいい。お前も、新大陸になにがあるのか見てこい」

「どうせ、掘っ立て小屋とかそんなのでしょう」

「かもしれんな。だが、母さんのベッドが恋しいわけでもないだろう」

「もちろん。でもそうだってことと、そうだってことを母さんに面と向かって言うっていうのは――」

「ああ、違うだろうな。とはいえ潮目は見失わないことだ」

まるで他人事のように面白がって、父は立ち上がった。騒ぎのほうを見やって。

「そろそろベイジットが言い勝った頃だろう。このところ母さんは負け続きだ。ま、単に母娘のこととしても、距離を置いて頭を冷やす時間は必要だ」

「……向こうになにがあるのか、父さんの予想はあるんですか？」

マヨールの問いに、父は振り向いた。

その目に誇りが映ることは、マヨールには慣れっこだった。自分が父の誇りであること。それを自負しているし、そうあるよう鍛錬してきた。

父は言った。

「予想も情報もある。だが今回の決め手は直感だ。魔王が我々に残そうとした伝言の、なにかに気づいていないような不安がずっとある」

「探ってきますよ」

断言して、マヨールは父を送り出した。

「魔王なんて恐るるに足らない。たかが辺境の魔術士でしょう」

ベイジットは狂喜し、母は怒りのあまりに絶句した。父は早々に退散して素知らぬ顔を決め込んだ。これについては恨まない——父は彼に使命を託したのだから。このレベルから助力を求めているようでは始まらない。

イザベラ教師は最初、難しい顔をしたものの、いいでしょうと言うなり席を立って、もどってきた時にはドラゴンの紋章をひとつと、上級魔術士のローブを畳んで持ってきた。

「ぼくは持ってますが……」

とマヨールが言うと彼女は、これは妹の分よ、と答えた。

「《塔》の代表者なんだから、嘘でもそれらしくしなさい。こっちでは着ないでね。あなたが隠してて。まあ帰ってきたら返却すること。ティフィスはお堅いからね……」

ティフィス教師補はベイジットの師で、妹いわく〝不倶戴天《ふぐたいてん》の敵〟だ。

休み時間には他の教師や、プルートー教師にまで声をかけられた——魔王に会いにいくって？　楽しみか。そうだろう。昨日の怪我《けが》は大丈夫だったか？

「ところで、俺も行くぞ」

「はあ？」

つい間の抜けた声をあげたマヨールに、プルートー教師はにやりとした。

「なにしろ退屈してたんでな」

老教師の表情はいつも通り、さっぱりと快活だったものの、かえってその思い切りこそが彼の《塔》での微妙な立場を示していた。本来、生徒を残して教師が大陸を離れるなど考えられないことだ――が、若き日の没落以来、プルートー教師は基礎クラスしか受け持っていない。

手続きは簡単なものだった。転校というわけではない。ただの見学だ。先方に手紙を出し、返事を待つ。返信もまた簡素なものだった。オーフェン・フィンランディの署名と、見学者を歓迎するという社交辞令。直筆だったためベイジットが欲しがった。《牙の塔》宛のものと両親宛の二通が届いたため、後者を妹にやった。

休学の手続きを取ると、いよいよ話が間近に迫っていた。出港までの一週間、生徒間の話題の中心に座って、悪い気分はしない。イシリーンまで熱っぽい視線を送ってくれる。船出の前祝いで酔っぱらった彼女は、結婚しようとまで口走った。

いっそ、ここまでオーケイということで海を渡るのはなしにできないか。マヨールはかなり本気でそう思ったが、出港の日はやってきた。伝説のスクルド号――はもう沈んでしまったためにないが、同型船の愛《いと》しいふわふわ号（砂糖会社がスポンサーだ）に乗り込んで大陸を発《た》った。

遠ざかるキエサルヒマを眺めて、妹は冷たい海風にも負けず、頬を上気させている。大きな布の包みを脇に抱えて――

「ん？」

マヨールは、ふと訊ねた。

「なんだ、その荷物」

「だーいじなもの」

ベイジットは言って、ぎゅっと包みを抱きしめた。細長い物体だ。軽くはなさそうだが、妹に持ち運べないほどでもない。

さほど気にせず、マヨールはそのことは忘れた。帰ってきた時まで、イシリーンが約束を覚えていてくれればいいなと考えていた。あの様子じゃ翌朝には二日酔いと一緒に頭からすっぽ抜けてそうだったし、正直なところ、そうでなくとも彼女は頭が悪い。

◆◇◆◇◆

魔王オーフェン・フィンランディは今日も、恐怖の魔力によって世界を征服する邪悪な計画を示す書類に目を通していた。計画は大胆かつ不敵、そして恐ろしく奇抜で、もし実現さえできれば確かに世界を破滅に追いやれる代物だった。

「まずは地獄から邪悪な軍勢を召喚し、処女の生け贄《にえ》千人をもって血の契約を結び、空を暗雲で覆う。日のとどかない地表は荒れ果て、ハゲワシが赤子の眼球を狙い、疫病が蔓延《まんえん》、無辜《むこ》の民は貧困と重労働に喘《あえ》いで——云々《うんぬん》。以下略」

読み上げてから、ばさりと紙をテーブルに置き、顔を上げる。

険しい顔で室内の〝悪の魔王の手下ども〟を見回した。会議室の長大なテーブル、その右半分に並ぶのが教員ローブを着た魔術士たち。対面にいるのがその大敵、事務方の面々だ。

彼の視線に触れると、その毒性をよく知る魔術士はわずかに身体を震わせた。もっとも、開拓の最も過酷な時期から十年が経《た》ち、味方ですら忌み嫌った魔王の名の由来を実感として知っている者も段々と減ってきている。

左側の一番近い位置にいるのが広報部長――この会議の招集を提案した人物だ。その男にオーフェンは声を発した。

「まずはひとつ訊きたい。地獄ってどこにある。教えろ」

「訊いてどうするんですか？」

眉ひとつ動かさず、禿《は》げた頭に汗ひとつなく、広報部長は訊き返した。

魔王もまた即答した。

「諸君ら全員を叩き込む」

「校長は以前、異世界の存在を臭わせる内容の論文を書いておられますね」

魔王――またの名をスウェーデンボリー魔術学校校長は、ぎりっと歯を噛《か》み締めた。

「せっかく読んだなら内容も理解しておいたらどうだ。結論は、ウオーカーの資質それ自体は妄想と区別がつかないが研究の余地はあるんだからつべこべ言わずに研究費を寄越せ、だ。あの頃はスポンサーも限られていたし、困窮する研究員の弁当代を確保するためだったらどんな戯言《ざれごと》だって書いた」

部長はなおも反駁《はんばく》しようとしたのだろうが、オーフェンは遮った。

「次はこれだ。処女千人。どこで調達する。ああ、いや。補足があった。なるほど、村を襲って略奪するわけだ。手下を使って。そんな離れ業を手際よくやってくれる手下がいるんなら、邪悪な軍勢はなにに使えばいい？　後片付けか？」

「校長……」

「君らはこれを真に受けたのか」

バン、とテーブルを叩く。強く叩いたわけではないが、手とテーブルに挟まれた問題のビラのおかげで大きく響いた。

部長の隣にいる若い男――これも広報のナントカいう輩《やから》だ――が物怖《ものお》じせずに声をあげた。学校事務の採用基準はひとつだ。一声で敵を殺せる魔術士を、茶に紛れた苦い小枝程度にしか思っていない者。《牙の塔》と違い、スウェーデンボリー魔術学校の事務運営は非魔術士によって行われている。

「まさか。我々が問題にしているのは、こんなものが大手を振ってばらまかれている、そのことにあります」

「二十年間だぞ」

うんざりとオーフェンは告げた。

「二十年も〝魔王〟なんてあだ名で呼ばれてる間、こんなビラは何度もまかれたさ。カーロッタ派は今でも俺を悪魔扱いだ。カーロッタ村の納屋じゃ薪をふたつに分けてあるそうだ。暖を取る用と、俺を焼く用」

「校長」

「黙ってろ。言葉責めはお互い様だ。やり合ってやろうじゃないか――」

言ってから。

視線を察して、魔王は引き下がった。額に手を当ててかぶりを振る。

「分かった。俺が黙る。続けてくれ」

「校長の態度にも問題があるのですよ」

ナントカが言ってくる。いや、さらに隣にいるナントカ2号か？　天井を見ていたのでよく分からなかった。

オーフェンはうめいた。

「問題は俺の前科だろう」

「今の立場と釣り合っていないと考える者を責められますか？」

「いいや」

キエサルヒマを大罪人として追われ、魔王として逆賊の汚名は定着した。昔といってもほんの二十年前だ。キエサルヒマ島の戦乱を彼の仕業と思うなら、その恨みにはまだ生々しい血が通っている。

その罪はいまだ裁かれないまま、この原大陸では最高権力者のひとりとして君臨しているのだ。外交によって貴族連盟による起訴は取り消された。だがそれはなおさら憎悪を呼んだだけだ。

「キエサルヒマ島での講演録がこちらに出回ってからも悪化しました」

声が近い。部長だ。

視線は向けないままオーフェンは苦笑した。

「あれは見事に無駄足だったたな」

「我々は反対しました。わざわざさらし者になって、なんの意味があったんです?」

「君は常に反対する。なにかに賛成したことがあったか? そうだ、試してみよう。こんなどうでもいい会合はさっさとおしまいにして、みんなで歌いながらハイキングに出かけよう。どうだ? 賛成か、反対か?」

「反対です」

「ああ、そうかい」

根負けして、オーフェンは顔を覆った。

そろそろ助けがあってもいい頃合いだった。それは室内の全員——部長ですら思っていた頃だろう。右側から声があがった。教員のクレイリーだ。親校長派の筆頭。別名をおべっか屋のクレイリー。

そう呼ばれていることを本人も知っている。それでもやめないのだから本物、筋金入りだ。彼は大人しいが威圧感を含んだ声で、こう言った。

「わたしは賛成ですね。まあ歌いながらは勘弁ですが。この会議は馬鹿げている。この問題の最たる問題は、我が校が校長の名に依存し過ぎていると示していることです」

「ですが、それが事実です」

部長が応じる。クレイリーは目を細めた。

「事実であれ、依存度を下げるべきだと言っているのです。内実の拡充です。副校長の設置を検討いただいているはずですね？」

「自薦と一緒にね」

「わたしは、言うからには自分も責任を負おうと——」

「オーケイ、オーケイ、そこまでだ」

クレイリーと部長が共に手を突いてテーブルに身を乗り出し合ったところで、オーフエンは両手を振って声をあげた。

「次から全員、会議には斧《おの》を持参してこい。そうすりゃ少なくとも無駄口は聞かなくていいし、同じ議題で何度も会議を開かずに済む。部長。これからは自重するから外野はうまくなだめてくれ。クレイリー。校長の椅子は俺が引退するまで我慢しろ。以上だ」

彼の宣言で、会議室から全員が退出していった。

残ったのは校長ひとりだった。残るべくして残ったわけではない——単に頭痛がしたからじっとしていた。本当ならば校長室にもどって、急の会議で無駄にした時間を取りもどさなければならなかった。もっとも、それで取りもどすのも無駄な書類の処理なのだが。

ようやく気力を取り返して片目を開ける。と、入り口にひとり立っている人影に気づいた。

「ああ、すまない。気づかなかった」

自分を待っていた秘書の青年に謝罪する。

青年は微笑のまま、いいえと答えた。

「緊急の用件ではないので。港番からの報告では、船は明日には到着だそうです」

「船？」

なにかあったか思い出せずに訊くと、彼は補足した。

「《塔》からの」

「ああ、なるほど。そうか」

一息ついてオーフェンは立ち上がった。

秘書の青年はこちらを見、そっとつぶやいてみせる。

「出向いたのが無駄足だったかどうかは……」

「彼ら次第だな」

軽くうなずいて、魔王は必要な業務にもどるべく、秘書を連れて部屋を出た。初等生の間で流行している流感の対策と、野球部のグラウンドに隣接しているもう使われていない堆肥場の処分と、更衣室の鍵を魔術で解錠できない複雑なものに付け替える件と、あとは人類を滅ぼしかねないバケモノの群れについて。

急場しのぎでもなんでも、どうにかしなければ困る、そうした問題が山積していた。

◆◇◆◇◆

〝アキュミレイション・ポイント〟

新大陸の玄関口として知られるその港町は、恐らく最初に呼び習わされた名そのままなのだろうとは想像される。ためしにマヨールは、船員にその由来を訊いてみた。

「そりゃそうだろ。考えてつけるような名前か？」

入港前の忙《せわ》しない時に船乗りは、神経質な苛《いら》立《だ》ちを筋骨隆々の見るからに豪放な外見に混ぜていた。

「普通は、ニューホープとか、ニューなんとかじゃない？」

物怖じせずにベイジットが押す。

船員は伝令にメモを渡し、専門用語でなにやら指示を与えてから、さらにそいつを平手でひっぱたいた。走り出した伝令の首根っこを掴《つか》まえて反対方向に突き出し、悪態をついてから違うメモを渡した。混乱して首を振る伝令をまた叩き、もういい全員岩に乗り上げちまえと大声をあげて——

「ねえねえ、ちょっと、話の途中」

立ち去りかけた船乗りの前にトコトコと（としか言いようのない軽薄さで）回り込んで、ベイジットは首を傾《かし》げてみせた。

「なんだよ！」

唾を飛ばして叫ぶ船員に、ベイジットは気楽に腕を組んで続ける。

「だーからー、なんでもっと格好良い名前つけなかったの？　港にさ」

「知らねえよ！　馬鹿にでも分かるようにだろ！」

船乗りはそう言うとベイジットを押しのけ、通路をドタドタ（としか言いようのない不器用さで）走っていった。

まだ右往左往している伝令を見やって、マヨールは嘆息した。

「本当にこの船、港に着けるのかな」

「ま、大丈夫じゃなーい」

この船旅の間、ベイジットは言うまでもなく上機嫌で、舷側から身を乗り出してシルエットを大きくする新大陸を眺め始めた。港といってもまだ建物が見分けられるかどうかといったところだが、しきりに手を振っている。

「なにやってんだよ。邪魔だろ」

甲板から通路から、はっきり言って船内のどこにいようと船員らの邪魔にならない場所などなさそうではあったが。マヨールが言うと、ベイジットはやはり気にした様子もなく港を指さした。

「だって、あの人混みさー、出迎えじゃないかな」

「……俺にはなんにも見えないけどな」

両目を凝らしても分からない。桟橋になにかいるように見えないこともないが、そりゃあ港には人がいるものだろう。

「あー、でも、カンゲキ」

くるりと身体を回転させて、ベイジットは視線を浮かせた。

「新大陸よ、新大陸。お兄ちゃん分かってる？　この船、キエサルヒマを出てキエサルヒマに帰ってきたわけじゃないんだよ」

「分かってるよ。長旅だった」

実を言うと入港が嬉《うれ》しいのはマヨールもだった——見栄を張って船酔いを我慢するのは、寝込むのと同じくらい厄介だったのだ。

まだ港に入るには時間がかかるだろうに、ベイジットは荷物をまとめて部屋から運び出し、例の細長い包みも抱えている。本当に港に近づいたら、接舷する前に飛び降りそうな様子だった。

「知ってた？　お兄ちゃん。最初の航海じゃ千人も死んで、その遺体を海に捨てたから、怨霊《おんりょう》が海魔になって襲いかかってきたんだって」

「よくお前はそういうの、さも信じてるみたいに話すもんだな」

「いけない？　だってお話だもん。話してる人が信じてるふりしなきゃ騙せないじゃん」

あっけらかんと言う。

その妹の顔を見返して、マヨールは告げた。

「船には千人も乗ってなかったし海魔っていうのは現出した神、メイソンフォーリーンだ。人間の死体なんて目もくれないし、スクルド号がメイソンフォーリーンと遭遇したのは最初の航海時じゃない」

「考えれば誰でも分かるような当たり前のこと話してる兄ちゃんのほうが、なーんかダルーって感じだって」

妹は言い捨てて、また港に手を振った。海上から見ても人だかなんだか分からないなにかに。

「あんたもそう思うよね？」

「は？」

不意に手を翻すと、ベイジットは脇を通り過ぎようとした伝令を捕まえた。当然なんのことか分からないで目を白黒させる伝令に、視線で期待を注ぎ込むと。

「邪魔をしないほうがいいぞ、本当にな。これだけでかい船を港につけるのは離れ業なんだ」

落ち着いた声音で、プルートー教師が甲板に上がってきた。

「先生！」

ベイジットは歓声をあげると、もう用は済んだとばかりに伝令を突き飛ばし、プルートー教師のほうに駆け寄った。彼女の置いていった荷物を拾い上げ、マヨールも続く。

「先生はアタシの味方ですよね！」

抱きつくベイジットに、教師はちらとマヨールのほうに視線を投げてきた。このやり取りも船旅の間にすっかり繰り返しとなったものだが。

「別に、どうでもいいことです」

マヨールがつぶやくと、プルートーは笑ってベイジットの背中を叩いた。

「ああ、それなら味方だ。どうでもいいことにかけちゃ、お前はいつも間違うからな、マヨール・マクレディ」

「ほーら、お墨付き」

いつも教師には見せつける猫かぶりで、ベイジットは舌を出してみせた。

マヨールとしては最初から期待してはいない――プルートー教師はつまりこういった、ベイジットのような生徒には人気がある。かつては魔術士の頂点であった地位から失墜したという経歴が安心感を呼ぶのだろう。プルートーの現在の役職は教師位だが、自分の教室は持てない。彼の名で生徒を取ろうとしても誰も許さないだろう。王権反逆罪では死罪こそ免れたものの、魔術士として表舞台に立つ資格は永遠に失われた。〝スクール〟の派閥はまだ残っているものの、聖域への謀反でほぼ全滅し、復権の見込みもない。

プルートー教師がどうして顔を出したのか。なにか用でもあるのかと思えば、単に外を見に来ただけらしい。ベイジットに連れられるまま――小柄な彼女ががっしりした体格の教師を引きずって歩くのは見た目にも滑稽だったが――新大陸を眺め、妹のくだらない質問に答えてやっている。

「つまりはな。あそこは本当にただの集積場だったんだ。開拓団にとってはな」

「そうなんですか？」

「君の言うニューなんとかの街は別にあった。だが壊滅したんだよ。たった一夜でな。街の者は物資のあるアキュミレイション・ポイントに避難して、神人種族デグラジウスが街を通り過ぎる数か月を堪え忍んだ。彼らは愛する街に帰るつもりだったから、集積場を街と呼び換えるなど思いもよらなかった。だが災厄が過ぎた時、街は汚染されていた。今でも帰還は叶《かな》わない。跡地から毒を取り除く作業は何年も続いたが、犠牲が大きく、今では頓挫している。諦めなかった時間が長すぎたんだろう……だから、あの場所はいまだにただの集積場なんだ」

遠い目をして港を見つめるプルートー教師に、マヨールはつぶやいた。

「お詳しいんですね」

「君らの父上だって当然知る話だ。そうした話を聞いてなかったというのは意外だな」

と、教師らしく不知を指摘する。

マヨールは笑って誤魔化そうとしたが、思い出してもいた――確かに聞いたことがあった気がする。海外のことなので記憶に残っていなかっただけだ。

彼の意識がこちらに向いたのが気に入らなかったのだろうか。ぐいと腕を引いて、ベイジットが質問する。

「先生は、魔王のことはどう思っているんですかー？　会ったことあるんでしたっけ？」

「ああ、ある。だから彼を魔王と呼ぶのは好まない」

ベイジットの顔の前に指を立ててたしなめてから、ややおどけて付け足した。

「今でも奴を叩きのめせる自信はあるな」

「ホントにー？　えー、でもそれはダメですよー。あたし、どっち応援していいか分かんないし」

その後しばらくして、船は着いた。

ただのアキュミレイション・ポイントに。

彼らがそれをどれだけ仮の街と呼び続けようと、住んでいれば歴然と街となる。

港町は整備され、キエサルヒマの都市とも遜色ない設備を持っているように見えた——灯台まで石造りで、灯明は沖までとどきそうだ。大規模な造船所こそないが修理ドックらしき屋根はある。

人口と規模はさすがにタフレムやアーバンラマには及ばない。それでも沿岸に広がったなだらかな丘に広がる市街に目を奪われた。船から下りる客や非番の船乗りを、旅籠《はたご》や酒場の呼び込みが威勢良く捕まえている。我先に下りていったベイジットを見失わないよう、マヨールは荷を引きずって桟橋に降り立った。実を言えば荷物は彼の分だけではなく、ベイジットの物も運んでいる。彼女はよほど急いだのか、ずっと大事にしていた例の包みまで置いていった。荷物の隙間から飛び出しているその包みが解《ほど》けかけているのにマヨールは気づき、直そうと手を伸ばした。

その瞬間、妹の声が鼓膜に突き刺さった。

「お兄ちゃんお兄ちゃん！」

耳元で叫ばれたわけではない――が、また随分と興奮気味で、かしましい声だ。

見ると、プルートー教師と一緒にもうひとり追加して引きずって駆け寄ってくる。

「やっぱ来てたよ、お出迎え！」

「どうも、初めまして。スウェーデンボリー魔術学校の校長を代理して、失礼ながらお迎えにあがりました」

やせ形で控えめな様子の若い男だ。礼儀正しく手を差し出してきた。

軽く触れる程度に握る。言いかけた自己紹介が喉でつかえ、咳払《せきばら》いしてからマヨールは言い直した。

「初めまして。わたしはマヨール・マクレディ。今回の――」

用向きがなんであったか失念し、またつかえた。

「今回は貴校と学術交流を発展させるため勉強にうかがいました。ついては受け入れを快諾くださった貴校には御礼を」

「それ、もうアタシが済ませたー」

口上の途中でベイジットが割り込んで、マヨールの顔に手のひらを押し当てる。

それを振り払ってマヨールは疑念を注いだ。

「お前が?」

「うん。しましたよね?」

プルートー教師に話を振る。彼は曖昧な面持ちで、ああ、と答えた。

「おおむね一語で済ませてた」

「一語?」

ますます疑わしい。見やるとベイジットはくすくす笑って、その出迎えをうっとり見上げた。いかにも妹好みの端整な鼻筋に指を当て、

「〝ヨロシク!〟って。抱きついてキスしちゃった」

「お前!……ええと、あの、大変な失礼を」

ベイジットへの叱責と先方への謝罪と、どっちつかずに狼狽《うろた》える。

「いいえ。お気になさらず」

出迎えの男はそう言うとベイジットにもにっこりと笑みを返した。

騒ぎはそれだけで片付け、さっと話を変える。

「差し支えなければ、まずは旅館に一泊、長旅の疲れをお癒しください。校長からは明日ご挨拶させていただくということで――」

「えー！」

人の行き交う雑踏の中、周りが足を止めるような声音でベイジットが叫んだ。

「今日すぐ会えると思ってたのニー！」

「お前なあ！」

あまりに無遠慮な妹の口を塞ごうと手を伸ばすが、ベイジットはさっと男ふたりの奥に引っ込んだ。

結局、掴みかかろうという姿勢でプルートー教師と出迎えの男と向き合ってしまい、バツを悪くして引き下がる。出迎えは、背後のベイジットに愛想笑いを向けた。

「申し訳ありませんが、校長は本日、学校を離れておりまして」

「えー。なんでー。アタシが着く日にわざわざー」

「それが、船の到着日というのは不安定なので……非礼は重ね重ねお詫びいたします」

「いえいえ、そんな！」

相手の向こう側に隠れて見えない妹を、念力でも怨念でもなんでも締め上げられないかと手つきで工夫するも、無駄な努力ではあった。とにかく姿勢を正し、言い直す。

「もちろん、お気遣いの通りにさせていただきます。ええと……あなたは、魔王――あ、いや、校長のお弟子さんで？」

なんとか話を変えようと、訊ねる。考えてみたらまだ名前も聞いていなかった。

出迎えの男は首を振った。

「いえ。わたしは秘書です。魔術士ではありません」

「そうですか」

「申し遅れましてすみません。ケシオンと申します」

「え？」

声をあげたのはベイジットだが、今度ばかりはマヨールも唖然《あぜん》としてしまった。

すーっと顔を出したベイジットは、彼──ケシオンの顔を見やり、そしてなんでか、自分の荷物のほうに顔を向けた。つられて見ると、ベイジットが気にしたのはあの包みのようだ。

だが。

「あれ？　完全に解けてる」

包みはいつの間にか解けて、中身が出ていた。剣だった。露出したのは柄《つか》の部分だ。

ベイジットが天を振り仰ぐポーズを取る。

「兄ちゃん、大事に運んでよー。使えなーい」

「なら自分でやれ」

冷たく告げるが妹は気にもしない。

「使えない兄貴を使ってあげてんじゃーん」

あまつさえそんなことを言う妹を、マヨールは腕組みして睨《にら》みつけた。

「だいたいなんでこんなもの持ってきてんだ……ていうか、これ、なんだ」

武器など持ってくるような用事ではない。当然だがケシオンもプルートーも、呆気に取られている。

妹だけが平然としていた。

「え？　お兄ちゃん知らないの。なんか物を知ってるようで全然知らないんだよね」

わざとらしくもったいつけた。

こうなると問い質《ただ》しても無駄だ。マヨールは歯がみして、解けた布を剣にかぶせてやった。往来でこんなものが見えていたのでは目立って仕方がない。

ともあれ目を離した隙に、妹はまた調子に乗ってケシオンに絡んでいる。

彼女の注意が若い男に向いて、プルートー教師はほっとしたのか、それとなく距離を置こうとしているのが見て取れた。マヨールもできることならそうしたかったが、《塔》の恥を取り返しのつかないことにならないうちに食い止めるのは、既にこの道中での主目的になりつつある。

それほど気にしたわけではないが、マヨールは目の端で、プルートー教師が神妙にベイジットの荷物を――あの剣をじっと見つめているように思えた。

　スウェーデンボリー魔術学校は様々な点で《牙の塔》とは異なっている。どちらかといえばスクールの理念に近いな、とプルートーがつぶやいてから、なにか誤魔化すように咳払いするのにも気づいた——郷愁のように取られるのが嫌だったのだろう。とはいえマヨールも同感だった。

　まず、スウェーデンボリー魔術学校は魔術士のみの運営ではない。だからなのか、街のただ中にある。これは即座にベイジットを羨ましがらせた。

「だってさ、山奥にある必要ってなんなの？　卑猥《ひわい》な実験してるから？　死体をいじって操る実験をしてたのなんて昔のことでしょ」

　死体をいじって操る実験など、どんな昔にも行われなかった——とマヨールが指摘すると、船上の時と同じ反応が返ってきた。ベイジットはプルートー教師とケシオンの背後に、かわりばんこに隠れながらマヨールを挑発した。

　マヨールはきっぱり無視して、ラポワント市の中心部に建てられた学校を見上げた。建物は大きいが《塔》ほどではない。しかし増築中の新校舎も見えた。敷地は広いが、《塔》のような運動場というよりは庭園になっていて、木陰のベンチで魔術士らしき少年らが談笑していた。これはさらにベイジットに感銘を抱かせたようだ。

「ゲロ吐いて倒れてるような奴、誰もいないよ。どっこにも」

「身体的な訓練はしないのですか？」

マヨールが問うと、ケシオンは静かに答えた。

「ここではしません。訓練場は郊外にあります。騒げば近隣の迷惑ですしね」

「移動が面倒では？」

「全員が戦闘訓練を受けるわけではありませんから」

と、ケシオンはそれとなく、ベンチの学生を視線で示した。

言われるまでもなく感じていた違和感ではあるが、そこにいる魔術士の体格は戦闘訓練を受けた者のそれではなかった。

「校長は、魔術戦士は志願者の中から厳選されるべきだとお考えです」

「向き不向きがあるもんね。良かったよー、あたしが来て。兄ちゃんだけだったら、そんなのケシカラーンとかノーリョクテーカとか言い出すよ」

ケシオンの腕にべったりくっついて、ベイジットが追随する。

挑発なのは分かっていたのでマヨールはこれも無視した。

スウェーデンボリー魔術学校の成り立ちについてはいくらか予習もしてある。ケシオンの言葉は嘘ではなかったろうが、すべてを語ってもいない。学校の運営に非魔術士が加わっているのは、この学校自体が、先発した開拓団——その多くが反魔術士感情の強いキムラック人だった——と、後発で開拓に加わった魔術士らとの接触の妥協点だったからだ。先発隊を率いていた魔王オーフェンが頭領となることで、魔術士らはようやく受け入れられた。その後、後発組は開拓に力を貸して恐らくは相当の犠牲も強いられたろうが、溝はいまだ埋まっていない。

街中にあるというのは余人の監視を受けるということでもあるし、戦闘訓練を受ける定員数があるのも、制限が課せられているのだろう。

こちらが眺めるのと同じくらい、庭園の学生らもちらちらとマヨールら三人に視線を投げているのが感じられた。挨拶ということで《塔》のローブを着ているため目立ってしまう。魔術学校の生徒も似たような黒ローブを着ているが、彼らのものに比べると《塔》のローブは古めかしい。

「ともあれ、お話は道々。どうぞお入りください」

ケシオンに促されて門をくぐる。門には控えめに学校名が刻んであった。妹がよく言うような魔王の印をつい探したが、やはり見あたらない。

「校長からも説明があると思いますが、みなさんの行動はおおむね自由です。好きなように見学していただいて構いません」

「おおむね、とは?」

これはプルートー教師だ。ケシオンはうなずいた。

「案内係をおつけいたします。わたしどもが、と申したいところなのですが、あいにく校長も多忙で。校長のご息女がお相手いたします」

「え？」

思わずマヨールは声をあげた。

面白がるようにケシオンが振り向いてみせる。

「どうかされましたか？」

「いえ……校長に、娘さんがおられるのですか」

「はい。それが？」

「すみません。そうですね。意外じゃあないですね」

もごもごとマヨールは口ごもった。自分はよほどの馬鹿かと思ったところで妹が追い打ちをかけてくる。

「馬鹿じゃないの」

彼女はくっついているケシオンの腕に、さらにぶら下がるようにすがりついた。

「ケシオンさん、格好いいね。スゲーいい男って感じ」

「そうですか？　ありがとうございます」

「名前の由来は？」

くだらないことを訊いている。

当然、慣れた質問だろう。ケシオンはすぐに答えた。

「両親は無学でしたから。おとぎ話からつけたのだろうと思います。あまり良い趣味ではないですね。化け物の名前というのは」

「そんなことないよー。チョー一流の魔術士の名前だよ。大昔のだけど……貴族だったんだって」

「そうなのですか？　いずれ詳しくうかがえれば嬉しいですね」

そんな言い方でベイジットの無駄話を断って、彼は話を続けた。

「娘さんは全員魔術士です。御二方とは歳《とし》も近いですし、話も合うかと思います」

まるで自分の歳は離れているとでもいうような言い方だが。

マヨールとしては正直なところ、もはや興味は彼から離れていた。

（魔王の娘……）

どんな連中なのか。無駄口を叩いているベイジットの後ろ姿を見やり、付け足す。

（これよりマシか？）

あるいはその逆か。どうにも想像がつかない。全員、というからには姉妹なんだろうか。

考え事をしながら案内されているうちに、庭も半ばまで歩いただろうか。

黙想に亀裂が入るのを察した。鋭い気配。足音のない圧迫感。殺気？

マヨールは跳び退《の》いた。死角から突き出された爪先がみぞおちの先をかすめ、一瞬息が詰まる。

打撃のせいというよりは咄嗟《とっさ》のことに硬直したのだろう。しかし攻撃のほうも十分に鋭いものだった。彼の動きが鈍ったところに人影が舞い、すぐに消えた。目で追いきれない。肩になにかが触れた。小鳥のような重みだ――小鳥が肩にとまったことなどはないが。

誰かが肩に跳び乗った！

信じられないまま、マヨールは身をよじった。振り落とそうとする。だがそれも遅い。先んじて倒れ込んだことで難を逃れたが、今度は側頭部をなにかで打たれた――かかとだ、とマヨールは推測した。

尻餅をついて倒れる。すぐに起き上がろうとしたができなかった。彼の肩から飛び降りた人影にそのまま、胸を踏まれて押さえつけられた。動けなくなってようやく相手が何者か分かる。

若い、いや幼い魔術士だ。小柄。ベイジットほどの歳だろうか？　スウェーデンボリー魔術学校の制服で、相手を踏みつける姿勢で冷笑してこちらを見下ろしている。女だ。少年のような髪型だが。

「エッジ！　やめなさい！」

ケシオンの制止が飛び、ようやくその少女――エッジだって？――が振り上げた手を止めた。とどめを刺すような手つきだ。ナイフでも隠し持つような。なにも持ってはいなかったが。

　彼女は鋭い目でマヨールを見定めたまま、こう言った。

「面倒見てやる相手がどんなものか、確かめてもいいって」

　と、言い足す際に口の端に薄い満足も滲ませた。

「父さんが許可したのよ。聞いてたでしょ？」

「校長は、客人とお会いになってどうしても気が進まないなら辞退しても仕方ないとおっしゃったのですよ」

　そう言うと、ケシオンは少女の腕を掴んで引きずりもどした。

　拘束からは逃れたものの、マヨールは動けずにいた。なにがなんだか分からなかったというのもあるが、なにより手ひどく傷ついた自制心との折り合いをどこでつければ良いのか分からなかった。すぐ起き上がるべきか？　それともあくまで継続を訴えて、自力で挽回《ばんかい》するべきか？

「どのみち、パスよ。田舎者なら田舎者なりに自慢できる腕でもあるかと思えば、これじゃあね」

　エッジなる少女はうんざりと手を振り払い、そのまま立ち去ろうとした。ケシオンが呼び止めるがベイジットも黙っていない。

「ちょっとアンタ！」

マヨールを指さし、抗議する。

「なんなのアンタ、クソナマイキ！　アタシらのレベルを兄ちゃんなんかで量らないでよね！」

言い様には引っかかるものを感じたが、マヨールがなにを言うより早くエッジの足が止まった。肩越しにじろりと視線を返して、

「なら、あなたでも量る？」

「ジョーダンでしょ」

あっさり言ってベイジットは、プルートー教師の後ろに隠れた。

自然、エッジの眼差《まなざ》しはベイジットから教師へと移る。

プルートーはずっと我関せずと傍観していたようだが――はたと、成り行きを察した。笑う。

「それこそ冗談だろう。やめてくれ、お嬢さん」

「あなた、プルートーでしょう。キエサルヒマ島で一番強い魔術士だって、父さんが言ってた」

「……島？」

マヨールはつぶやいた。が、彼以外誰もそこは聞き咎《とが》めなかったようだ。プルートーは苦笑いのままかぶりを振った。

「昔の話さ。その昔から言われてたことだが、一番二番なんてのは口さがない連中の言うことでね」

「そうね。試してみれば分かる」

「試してみてもよく分からんということが分かるだけさ」

こんな子供の言うことをプルートー教師が相手にするとも思えないが、エッジのほうは既に臨戦態勢だ。いつまでも寝てはいられず、マヨールは起き上がった。落ち着いてくるにつれ怒りが湧いてくる。

「先生が相手するわけないだろう。俺だって不意打ちで転ばされただけだ。独り合点で勝ち宣言していくのが魔王の娘のやり口か？」

マヨールが身構えるが、エッジは鼻で笑う。

「何度やってあげてもいいけれど、次の言い訳は用意してある？」

「エッジ、いい加減にしないと――」

ケシオンが割って入ろうとした、その時だった。

「こ――――」

その〝こ〟は随分と長く聞こえた。そこで時間が停まったかのように。

叫び声が呪文であると気づいたのは、校舎の上方からエッジの足下まで、真っ直《す》ぐに魔術構成が伸びたのが見えたからだ。単純な破壊の構成。エッジも当然すぐに対応し、防御の構成を編んだ。適切な術だ。呪文を叫んで頭上に防御壁を展開する。

「——の馬鹿ーッ！」

女の声でその叫びがとどいた瞬間。校舎の上から光線が放たれた。熱衝撃波は驚くほどすんなりと防御壁を貫いた——マヨールはただただ、言葉もなかった。問題なく編まれた魔術の防御が威力だけで突破されるというのは、術者の力量に相当の差がないと発生しない現象だ。

光は地面に突き刺さり、爆発を起こした。エッジは当然だが、近くにいたマヨールも爆風を受けてひとたまりもなく転倒した。一撃が過ぎ去った後、くらくらする頭をもたげて様子を見ると、またひとり女が校舎の窓から身を躍らせ、重力制御で降りてくる。

「だからあんたはそういうことするなって何度も何度も姉さん言ってるのに目を離すとすぐそういうこと何度も何度もするんだから何度も何度も聞いてんのもう——!?」

完璧に昏倒《こんとう》して意識のないエッジの胸ぐらを掴んで、がっくんがっくん振り回し、その女は泣きわめいた。

姉、と言ったように聞こえたが。彼女の様子はエッジとはかなり違う。髪は長く、泣いている目はつぶらで話し方も抑制のないわめき声。魔術士なのは——それも教師級にとてつもない威力の術者であるのは疑いないが、ローブは着ていない。なにか金属の棒のようなものを背負っていた。

「ホントにもうそういうのはいつか謝っても許してもらえなくなんだからね誠心誠意謝りなさい！　ほら！　早く！」

今度は気を失った妹の頭をわしづかみにして、ごっつんごっつん地面に叩きつけ、土下座……と言えるのかどうか、まあそんな形に謝らせている。

「い、いえ……あの」

正直、エッジに蹴られたことなどより今の魔術で吹き飛ばされたダメージのほうがよほどひどかったが。マヨールはなんとか声を発した。

だが女は妹の頭を地面にこすりつけながら、ひとりでわめき続ける。

「いいんです！　まだこんなもので許さないでくださいでもあの、優しいんですね。いえもっと謝らせますからどうかお金の問題になるとうちは決して噂ほど裕福じゃないんでマジで！　うわーん！」

「死んじゃう！　死んじゃいますから！」

マヨールは駆け寄ると、彼女の手を押さえつけた。暴走を止められて彼女はまたひときわ叫び出し——そうに見えたが、突然けろっと落ち着いた。

「あれ？　あんまり怒ってないんですか？」

「いや、えーと……」

「普通は怒りますよあんなことされたら」

「そうだとは思うんですけど、ええと、とにかくもういいです」

他に言い様もなく、彼女がいまだ掴んでいる、血と泥まみれのエッジを見やる。

というよりあたりを見やる。魔術の爆発は地面を大きく抉《えぐ》って、校舎こそ壊していないもののひどい有様だ。野次馬も集まって、がやがや騒いでいる。プルートー教師はいつの間にか被害圏外に逃げていたようだし、ベイジットはケシオンに抱きかかえられて無事だった。どうやらまともに吹き飛ばされたのはエッジと自分だけらしい。

「ラッツベイン」

ケシオンがベイジットを下ろして（ベイジットは名残惜しそうだったが）、新たに加わった女に声をかけた。

「市街地では、破壊力を持った魔術の行使には制限が。忘れてはいないでしょうけど」

「だってー！　あの場合はー！　罰金!?　罰金ですか!?」

「はい。違約金です」

「あーん！」

また泣き出す彼女――今度はラッツベインだって？――に、ベイジットがうめく。

「ラッツベイン？　こっちの人って、変わった名前つけるしきたりがあんの？」

さすがにこれはマヨールとしても的外れな質問とも言えない気がした。が、ケシオンは否定する。

「いいえ。殺鼠剤《さっそざい》は開拓事業の要で、それのおかげで何千人もが命を長らえたと言っても過言では」

「問題は、それを娘の名前につけるセンスなんですよね」

むくれて、彼女、ラッツベイン。

ぽいと妹を放ると、背負っていた棒を手に取った。金属製の長い棒の先に、やはり金属のワニが二頭、鎖でぶら下げられている。どうやら杖《つえ》だったようだ。

彼女はぺこりとお辞儀してみせた。

「よろしくお願いいたします！　ラッツベイン・フィンランディと言いまーす。ラッツとは呼ばないでください。ベインも駄目です」

「はあ……」

「そんなわけで成り行き紹介になってしまいましたけど、どうぞ我が子にわけ分かんない名前をつけるねじくれた校長に会うと良いと思いますー。こっちですこっち」

マヨールの手を引いて、校舎に連れて行こうとする。特に異存はなかったものの、それでも気にしないわけにはいかず、置き去りにされつつあるものを指さした。

「あの子はあのままでいいんですか？」

気を失ったエッジだ。ラッツベインは即答した。

「お気になさらずー。起きないほうが静かですから」

「うーん……」

釈然としないというか、釈然として良いものかどうか分からず、ついていく。

騒ぎのせいもあってか校内はざわついていた。内装は特にどうという特徴もない、普通の校舎だ。造りはしっかりしている。生徒数も思ったよりは多い。それでようやく察したが、魔術士ではない生徒もいるようだ。

「ええ、いますよー」

途中からすっかり説明役に成り代わったラッツベインがうなずいた。

「出資者の方が子供や孫を通わせたりだとか。密《ひそ》かな流行みたいです。魔術制御以外、教えることってそんなに違わないですしねー」

「特別な教育課程と別個になっているということですか？」

先ほどのエッジの手際を思い出し、マヨールは訊ねた。あれは戦闘訓練を受けた者の動きだ。

ラッツベインは首を傾けた。

「いやー。特別っていうか。魔術戦士は希望者から選別して専門課程に移るんですよ。そっからさらに戦術騎士団の審問を受ける人が多いですね。今は昔より試験が難しくなってるみたいです。エリート意識満々で、わたしは好きくありません」

「あなたはどういう課程を？」

「あ、わたしはここの生徒じゃないんですよー。ここの先生に教えてはもらってるんですけど」

「それで大丈夫なんですか？」

多少ならず驚いて、つい不躾《ぶしつけ》なことを口走る。マヨールが詫びると、彼女は気にしないでというようにはにかんだ。

「島では違うと思いますけど、こっちじゃそういうモグリはわりといるんですよー。だいたい学校が出来たのがここ十年くらいのことですし。まあ、最近そうでもなくなってきて困ったなって思ってるとこですがー」

（まただ）

マヨールは思わず返事を忘れた。彼女は島と言った。

我に返って、会話が途切れかけていると気づく。マヨールは意識を向けた。

「新大陸での法整備は――」

言いかけたところで。

「原大陸」

ラッツベインが口を挟んだ。

「こっちじゃそう言うんです。もともと、ここからキエサルヒマに漂着したんでしょう？　わたしたちの祖先って」

「はあ」

気の抜けた声で同意すると、彼女はにっこりした。悪気はないのだろうが。

「新大陸っていうのは開拓の頃の言い方で、年寄り言葉って思われちゃいますよー」

『ロックンロールってことだろう』

父の言葉が蘇《よみがえ》る。

マヨールは後ろの、プルートーと妹に目配せした。ふたりともケシオンと話をしていて、こちらの声は聞いていなかったようだが。

校長室は最上階、三階にあった。それで思い出したがラッツベインが飛び降りた窓だ。

先頭のラッツベインがノックし、告げる。

「お連れいたしましたー」

「どうぞ」

と、中から返答。ベイジットが慌ててケシオンの腕から離れ、背筋を正す。

扉が開いた。

重そうな仕事机、棚、飾られた置物。どこにでもあるような校長室だ。違いがあるとすれば部屋の奥にガラクタのように積まれた骨董品《こっとうひん》や旗の数々、書類が溢《あふ》れて引き出しが閉じられないらしいキャビネット、そして壁の盾か。証書のように貼り出してあるのは勲章の類だ。なんの官位も印されていない騎士団の盾は、彼がその設立者であることを示している。

スウェーデンボリー魔術学校校長が、デスクの向こうで腰を上げた。

「ようこそいらっしゃいました。ご無沙汰しております、プルートー師。やあ、君も久しぶりだね、ベイジット。髪の色が増えた」

スクール式の呼び方をして頭を下げてから、ベイジットに目をやり、にやりとする。

最後にマヨールを見て少し面食らったようだ。

「驚いたな。聞いてはいたけれど、本当に母親似だ。君がマヨールだね。お初にお目にかかる、わたしがオーフェン・フィンランディだ」

「よろしくお願いいたします、校長先生」

思ったよりまともな挨拶に――といって、どんな奇妙な体験を予期していたわけでもないのだが――、マヨールは礼を返した。背後で妹が感極まったような奇妙な音を立てているのが聞こえる。

マヨールが代表して挨拶に答えるべきだろう。年長者はプルートーではあるが、彼はあくまでついてきただけで、このツアーの主導役はマヨールだ。とはいえ次の言葉に迷っているうちに校長が口を開いた。

「案内役は――」

と、娘を見て苦笑する。

「長女に決まったようで。まあそうなるだろうとは思ってたよ、ラッツベイン。失礼のないように」

「はーい」

「エッジはどうした？」

「まだお外に転がってると思うけど……」

ラッツベインは唇に手を当て、窓まで歩いていった。うん、とうなずく。

「まだあるよ」

「ホントか？　どこだ」

「あのへん。あれ？　ちょっと移動してる。蟻《あり》って気絶した人運べる？」

「いやあ、這《は》いずったんだろう。余力があるってことは大丈夫か。ああ、あれだな。おーい、そこの初等生。それ道の脇にどけといてくれ。ありがとう。礼だ。受け取って」

デスクの壺《つぼ》からキャンディを取って、窓の外に投げる。

（……どんな家庭だ）

眺めて、マヨールは狼狽えたものの。

なにしろ魔王と呼ばれる人物だ。こんなものは序の口かもしれない。

「おっと。失礼を。まあ一応娘なので、通行人に踏まれるのは忍びない」

校長は客に向き直った。

「失礼と言えば、次女がとんだ無礼をしたようで。後ほど本人にも謝罪させますので。見学については、希望などは？」

「特に目当てというのは――」

マヨールが言いかけるが、ベイジットに背後から押しのけられた。進み出た妹が断言する。

「校長先生の御自宅が拝見したいです！」

「覚えてたみたいだね」

校長はまた微笑《ほほえ》んだ。娘に向きやって補足する。

「ベイジットには三年前、約束したんだよ。世話になったお返しに我が家に招待するって」

「ホントにー？　ああ、それで母さん、離れを掃除してたんだ」

「市内に宿も手配してありますが、宿泊には我が家をお使いいただいても構いません。歓迎いたしますよ。なにもない家ですし、街の外にあるので基地にするには不便ですが」

そんな、まさか、とベイジットが歓声をあげる。なにがそんなに嬉しいのかは分からないが。ベイジットが泊まるなら自分も行かないわけにはいかないだろう。プルートー教師はといえば、やはり他人事のようだ。どちらでもいいらしい。

「ではこちらが、市内の宿の鍵に、当座の生活費になります」

ケシオンが鞄《かばん》を差し出してきたので、マヨールが受け取った。ソケット紙幣の換金は市内でもできますが、不正な業者などに当たらないとも限らないのでこちらに言っていただければ用意いたします、と彼は付け加えた。鞄にはかなりの額が入っていたし、市内の地図もある。いくつか手書きで印がつけてあった。

学校と宿は分かるが、

「この印は？」

マヨールが問うと、ケシオンは何事でもないかのようにこう言った。

「壊滅災害時の避難場所です」

「壊滅……？」

「まあ滅多にあることでは」

秘書の言葉を校長が継ぎ足す。

「神人種族被害を現実的に考えないといけなかったのは十年以上昔のことですが、危険性は今でも皆無ではありませんからね」

「校長先生は、神人を四人も退治されたんですよね！」

ベイジットが声を裏返らせる。慣れない敬語に引きつったのかもしれないが。

「どの四人のことだろう」

校長は秘書と視線を交わし、苦笑いを浮かべた。

「残念ながら〝魔王〟について語られている伝説は大半が創作でね。有効な対策があれば、神人種族を壊滅災害なんて呼び方はしない」

「えー！」

非難の声をあげるベイジット。幸か不幸か、彼女の信仰心はまだ保ったようだが。

「ともあれ」

会話を終わらせる頃合いを探る口調で、校長は時計を見やった。

「今日のところは校内の見学などなさったらいかがでしょう。教師たちには話をしてありますし、問題があればわたしに言ってください。街のほうでは――」

曖昧に含みを感じさせないでもない表情で、続けた。

「キエサルヒマとは勝手が違うかもしれません。予想外のこともあるでしょうから、慣れないうちは娘に従ってください」

「了解しました」

マヨールは告げて、四人で退出した――マヨール、ベイジット、プルートー、そしてラッツベインだ。秘書は校長室に残った。閉じる扉の隙間から、次の会議の予定を告げられて不機嫌にうめく校長の声（「マジかよ」）がわずかに聞こえ、そして途切れた。

ラッツベイン・フィンランディは十七歳。フィンランディ家の長女。妹はふたり。無登録魔術士。そんなところで彼女は自己紹介を語り尽くしてしまったらしい。しばし黙り込んでから言葉を探し、ようやくこんなことを口走った。

「そうですねー。んーと。あ、美化当番なんです。来週」

「当番？」

「ええ。学校の」

「生徒じゃないんでしょう？」

「そうなんですけどー……でも本来の当番の人が、なんかすごくやりたくなさそうだったから代わってみました」

「あなたはすごくやりたかったんですか？」

「そういうわけでもないですけどー」

訊けば訊くほどわけが分からなくなりそうで、マヨールは質問をあきらめた。

「ねえ、お兄ちゃん」

ベイジットが話しかけてくる——普段より大人しい声には、おねだりの気配が感じ取れた。眉間を力ませて向きやる。基本、妹のおねだりはろくな結果にならない。

彼女はそのままでは言い出しにくいという態度で、ちょいちょいと手招きしている。ラッツベインとプルートー教師を残して少し離れると、声をひそめてやはり馬鹿なことを言い出した。

「あの人とふたりになりたかったら協力するよ？」

「あの人？」

おうむ返しにつぶやいたが、当然ラッツベインのことだろう。にやついているベイジットに、冷ややかにマヨールは告げた。

「馬鹿かお前は。魔王の娘だぞ。だいたい、協力って、なにが目当てだ」

見返りも企《たくら》みもなく彼女がそんなことを言い出すはずがない。案の定ベイジットはわずかに目を逸《そ》らし、口を割った。

「実は、自由行動したいのよね、アタシ」

「馬鹿かお前は」

繰り返す。案内役と言えば聞こえが良いが、ラッツベインは恐らくこちらの監視役も兼ねているのだ。いくら鬱陶しくとも単独行動など許すわけがない。

その話はそれでおしまい——と思いきや、もどろうとするマヨールにベイジットがすがりついてきた。

「お願い！　お兄ちゃん。大事な用があんのヨ」

「新大陸に来て二日目にか？　なにがあるっていうんだ」

「だーいじーなこと、なんだってば」

ペンパルでもいるのか。思いついたが、いや、とすぐ打ち消す。妹に限ってそれはない。校長に執着していたから校長室にでももどる気か？　向こうは仕事があるんだから相手になどされないだろうに。

懇願する妹を見下ろしていると、なにかを察してかプルートー教師が口を開いた。

「あー、失礼だが」

ラッツベインに話し始める。

「わたしはこちらに知己がいるのでね。挨拶してきたいのだが、わたしの挨拶回りになど付き合ってもらっても、みな退屈だろう。校内なら迷うこともなかろうし、分かれて動こうと思うのだが、校長は不快に思わんだろうか？」

「あー、それでしたら、ご自由にどうぞー」

彼女の承諾に礼を残し、プルートー教師は去っていった。

それを見送りながら。ベイジットが軽く舌打ちする。

「ああ言えば良かったのね」

「お前に知り合いがいるわけないだろ」

釘《くぎ》を刺して、念のため腕を掴まえておいた。

「二、三日で帰るってわけじゃないんだ。初日からわがまま言うな」

「ちぇー」

文句を言う妹を引き連れて案内役の元にもどる。ラッツベインは杖を抱えて、笑顔でこう言った。

「じゃ、どこから回りますかっ？」

兄妹《きょうだい》はとりあえず、意図せずして声を合わせた。

「まあ、近いところから」

校内の見学は、特に目を瞠《みは》るようなものもなく平凡に終わった。ラッツベインの言ったように授業自体がなにか画期的に違うわけもない。あったとしても一目で見分けられはしないだろう。

そういうものだとは分かっていたのでマヨールの意識は別に向いていた――妹の挙動不審はいつものことだが、案内役のラッツベインは露骨にキエサルヒマ本土の魔術士との異質を体現していた。彼女は新大陸（原大陸？……いやいや）で生まれ、キエサルヒマ大陸を知らない。《牙の塔》も王都も、話程度にしか知らなかった。逆に、ベイジットが熱っぽく取り憑《つ》かれて質問を繰り返す魔王について、彼女は困惑混じりに答えるのだった。

「あー、まあそれは確かにうちのアレは偉そうにしてますけど、この前言うこと聞かない馬を説教して頭かじられてましたよ。そんなもんです」

「でも、あたしたちの知らない魔術の秘儀があるとか……」

「そりゃあるでしょうけどー。でもでもどうせくだらないことですよ。空間を五十九要素に分解して時間を取りのける実験とかやってましたけど、結果はうちの胡椒《こしょう》挽《ひ》きが一個、絶対、絶対、とにかく絶対なにやっても回らなくなっただけで、母さんに怒られて終わりました。二万年後まで解除できない可能性が高いって言って、また怒られてました」

「成功例だってあるっショ?」

「単純な計算違いで、胡椒挽きは夜中には直ってましたー」

(これで少しは頭が冷えるといいんだが)

しょげかえる妹に、ざまあみろとは言わないがほぼ似たものは感じつつ、マヨールは内心笑っていた。

教員を訪ねていたらしいプルートー教師とも合流し、終業時刻、校長および秘書とも再会する。残務をクレイリーとかいう教師に押しつけて、校長は「賓客をもてなさないとならんのでな」とみなを促した。

使い込まれた馬車に乗り込んで(頭をかじろうとする馬を慣れた様子で校長はかわした)、街を抜け出る。郊外はどんなものかマヨールはやや不安を覚えたが、街道もあるようで、とりあえずいきなり野宿になったり、得体の知れない動物の群れに襲われたりする面倒はなさそうだ。

馬車に乗ったのはマヨールら三人と校長、ラッツベイン、エッジ（まだふて腐れている）、あとは初めて見る女の子の計七名。ラッツベインが彼女を、末の妹のラチェットと紹介した。

小さな馬車ではないが、この人数になると手狭だった。ケシオンは御者と一緒に御者台に乗っている。ベイジットが熱心に校長に話しかけ、魔王は適当にあしらっているようで時折、驚くほど適切に返答していた――これは実はちゃんと聞いているというよりも、聞いていなくとも誤魔化し方を心得ているということだろう。政治的な付き合いに慣れた人間の特質に思える。父がよく同じことをしているのをマヨールは思い出した。

プルートー教師はひとり誰とも関わらず、窓の外を眺めている。

マヨールはといえばラッツベインとエッジのふたりに挟まれて、気まずい時間を過ごしていた。むっつりと押し黙って険悪な態度を取るエッジもそうだが、そんなことすっかり忘れて気楽にしている様子のラッツベインのほうがむしろ始末が悪い。何故《なぜ》なら、彼女としては気を遣っているつもりなのだろうが、どうでもいいことをいちいち話しかけてくるからだ。質問されれば答えないわけにもいかないが、そのたびにエッジがうんざりため息を漏らしたり、聞こえよがしに鼻で笑うのが神経に障る。

小一時間も馬車に閉じこめられているうちに、マヨールはこの場に火の点《つ》いた爆弾を残して窓から飛び降りる自分を夢想して心を慰めるようになっていた。

「どうして街から離れたところに暮らしているんですか？」

自分がこの質問をした経緯も自分で分からなくなるほど倦《う》んでいたが。

マヨールの問いに答えたのは校長だった——話を聞いていた風にも見えなかったのだが。

「フィンランディ家はラポワント市に住む権利を持っていないんだ」

「え？」

「奇妙に聞こえるだろうけどね。十数年前〝遅れてきた開拓者〟つまり魔術士との協調を唱えたわたしは有罪宣告を受けた。宣告自体はもはや意味のないものなんだが、失効する手段がなくてね。法整備が進むまでは解決しそうにない。法学者が首っ引きで取り組んでるが、やるべきことは他にも山積みでね」

「父さんは勲章より罪状のほうが多いんですよー」

と、これはラッツベイン。どうしてか楽しげだ。が、エッジはくしゃみに似た音を立てた——なんだろうと思ったが、嘲りを込めて鼻を鳴らすあまり、音が行き過ぎたらしい。

「父さんに頼らないと一日だって生き延びられないくせに、父さんの力を恐れてるのよ。魔王の力をね」

憎しみすら感じさせる声音で、エッジが馬車内で初めて発言する。

同調したようにぴくりとベイジットが目を向けるのが見えた。マヨールはその目つきに違和感を覚えたが、校長が答えたために全員の注意はそちらに向かった。

「俺は俺なりに役立つ男とは思ってるが、いなけりゃいないでクレイリーにでも代わりをさせればいいさ」

「あんな腰巾着が？　あいつこそ父さんの威を借りて好き勝手してる。知ってるでしょ。どうしてほっとくの？」

「その分は働いてもらってるからさ。経済の基本だな。同じ基本によればこうも言える。俺がいないと立ちゆかなくなるようなら、そいつは俺が世界を支配してるってことだ。そうではないと祈りたいね。また偽王罪にかけられたくはないからな」

エッジはなおも不満げだったものの、父親の口調に黙り込んだ。校長の声は穏やかだったが断固として譲りそうにはない。

「エッジ・フィンランディといったね」

唐突に、プルートー教師が口を開いた。

「君を見ているとある子供のことを思い出す。伝説になり損ねた魔術士だ」

窓からエッジに視線を移す。生徒らにいつも見せる圧力ある愛情の眼差しだ。彼はこの目つきで、生徒が自分の話を聞いているかどうかを待つ。

「素質は抜群。長じれば達人となったろう。昔の話だが、彼を部下にするため、わたしも多大な時間を割いたよ。だが目論見は失敗した。彼は己の資質に目がくらんだ。挫折を経験したが、たとえどれだけのことができたとしても叶わないことがあるとは認めれず、受け入れられなかったんだ。彼は失踪し、そして二度と姿を見せることはなかった。誰のことか分かるか？　マヨール」

「キリランシェロ。ぼくらの叔父と聞いています」

暗い心地でマヨールはつぶやいた。

頑ななエッジの表情には変化がなかったが、プルートーはさらに肩をすくめてみせた。

「まったく、誰も彼もが身内だな。この二百年で魔術士は数を増やしたがそれでもその社会は狭い。にもかかわらず魔術は大きな力だ。それが便利であり、軍事の要である限り、極めて少数の魔術士が世界全体を掌握することを避けられん……」

マヨールはプルートー教師が、生徒に向ける目を校長にも注いでいるのに気づいた。自分より年かさの教師の言葉に校長はじっと聞き入っている。

最後にプルートーは、質問で話を締めくくった。

「校長。ひとつ答えてはもらえないか。わたしは今日、四名の元部下に会って質問をした。いずれもこの原大陸の体制の隙を探り、あわよくば現支配者を打倒して魔術士同盟による乗っ取りを仄《ほの》めかす内容だった。彼らはなんと答えたと思う？」

「予想はできませんね」

校長は苦笑を見せた。

「全員どう答えたか、報告を受けていますから」

「だろうな。後生だからそんなこと企んでくれるな、それか企むのなら自分には言ってくれるなという形相だったよ。全員がな。わたしが去るや否や、校長室へ報告に走ったろう。彼らを見て、かつての貴族連盟の連中を思い出した。さて、ではこの話の教訓は？」

「弱い人間は支配することを望み、弱い社会は支配されることを望む」

「現状、あなたは脅威的な支配者だ。肝に銘じることだよ」

「はい」

魔王が神妙にうなずく姿をマヨールは奇妙に感じた。

ともあれ堅苦しい話に退屈して、魔王の末娘が大あくびをするのが見えた。話のおかげで気づかなかったが窓の外の風景は、郊外の道から村のほとりへと差しかかってきたようだ。

市もまた当たり前の姿であったが、ここもごく当たり前の農村だ。ラッツベインがまた話し始める――

「そろそろ着きますよー。ここ、わたしたちの村です」

「へぇ。なんて言うんです？」

マヨールは興味半分に訊ねた。彼女は機嫌良く答えてくる。

「ローグタウンです！」


ラポワント市から離れた村の、またさらに端に外れた位置に魔王の家はあった。

魔王の居城についてはキエサルヒマでも様々なことが語られている。いわく断崖の魔城であったり、浮遊城塞であったり、歯の抜けた奇怪な巨人が下僕として働かされていたりといった、そんな話だ。

愚にもつかない噂だが、実際に魔王の住み家を目にすれば、もう少しそれに近いことがあっても良かったのかもしれないと思う——マヨールは正直なところを認めた。分かり切ったことを確認したに過ぎないにしても、つまらない。その敷地には城壁どころか木の柵すら用意されてなかった。村からの一本道の先に目印の岩と、木製の標識に家名が吊されている。説明もなにも必要ない名前がただ一言。『フィンランディ』

馬車は進んで、納屋や倉庫らしき建物を通り過ぎた。ベイジットが窓から首を出して歓声をあげる——いわゆる誕生日用の声だ。贈り物を大袈裟《おおげさ》に喜んで、来年への投資とする声色。

「あれがそうなんですかー。ステキ！」

マヨールも付き合って見やったが、確かに見栄えの良い家ではあった。

豪華な邸宅といったものとは違う。恐らくは開拓時代に建てられたものを増改築してきたものだろう。必要に応じての建て増しは、推測するに、家族が増えるに合わせたものだ。離れは客用で、これもしっかりと造られている。

基本的には平屋のようだが、屋根裏を改装したらしい部屋と窓もうかがえる。木造の家から暖炉とオーブンの煙突がそれぞれ突き出していた。玄関には花壇もあり、名前は知らないが手入れされた色とりどりの花が観賞用の果樹を取り囲んでいる。

どこからか黒い大型犬が駆け寄ってきて馬車に併走した。奇妙に思ったのはその犬が吠《ほ》えもしないし、走りながら舌も出していないことだ。そのわりにはよく懐いているし、躾《しつ》けられた様子も見える。馬の集中を乱さない距離をしっかり守って馬車を追ってくる。

馬車は家の前でケシオン以外の全員を下ろし、去っていった――御者は村の人間で、魔王一家に雇われているようだった。日常的な送り迎えと、急用があれば村まで行けば(そして御者の手が空いていれば)利用できるが、向こうの都合もあるからそう便利に使えるとは思わないでくれ、と校長はマヨールらに説明した。市まで徒歩で行くのは無理ではないが、それなりに時間がかかる。キエサルヒマと同じく武装強盗の類もないではないので、野宿するくらいなら市内で泊まってくれ、とも念を押した。

例の犬は、馬車から降りたラチェット・フィンランディに突進し、彼女と一緒にしばらく地面を転がった。その後起き上がると背に少女を乗せ、家に入っていく。それと入れ替わるようにして中年の婦人が姿を見せた。婦人はすれ違う犬の耳と娘の頭を撫でてから、玄関から降りると客人を出迎えて一礼した。

彼女がラッツベインらの母であることは、すぐに分かった。魔王夫人としては――なんというか、やはり妙なところがあるわけでもなく、普通だ。彼女の歓待を受けて離れに案内される。中は小ぎれいに整えられていた。棟にはちょうど三部屋あったため、ひとり一室使うことができた。荷物を置いて、マヨールは思わずベッドに寝ころんだ。

新大陸に渡って、まだ二日目だ。騒動も起こったが今のところろくだらないものでしかない。目を閉じると思い浮かんだのは船上から近づく港で、自分の意識はまだそこから現在まで追いついていないような気がした。

(気後れしてるんじゃあるまいな)

と、自分を叱る。

この新大陸の魔術士たち。それを見定めるのが役割だ。

考えるまでもないがその中でもとりわけ、魔王オーフェン・フィンランディだ。強力な魔術士であることについて今さら疑うのも馬鹿げているが、それでもかなりの点で拍子抜けばかりを味わわされている。見た限り、彼は教師並みの魔術士であるという、それだけだ。講演録の内容を考えるともっと尊大な態度を取るものだと予想していた――

それこそプルートー教師を鼻であしらうくらいはするだろうと。

娘たちは？　血筋なのか力はありそうだ。が、それなら《牙の塔》にもそれなりの者はいる。校内の様子を見ても格別のものはない。

（やはり、人目を避けてる戦闘訓練になにかあると思うべきか？）

彼らの言葉遣いはいくつか引っかかる。キエサルヒマ島。原大陸。遅れてきた開拓団。自負を持つのは自然なこととはいえ、キエサルヒマに反感を持ち、いずれは逆襲してくるという流れも予感はできる。新大陸は豊かになっている。キエサルヒマとの力関係が数年以内にどう変わることもないだろうが、いずれ彼らはキエサルヒマの技術を必要としなくなるかもしれない……

少し眠ってしまったようだ。ノックの音で目が覚めたが、もう暗くなっていた。

ドアを開けると、無愛想な険相のエッジが待っていた。こちらの目を見ようともせず、ぼそぼそと聞き取りづらい声で頭を下げた。

「無礼をお詫びします。案内役は姉が務めますが、御用があればもちろん、わたしにもお申し付けください」

やれるならやってみろ、と付け加えなかったことが不思議なくらいの口の尖《とが》らせ方ではあったが。マヨールは謝罪を受け入れて、こちらこそよろしくと返事した。

結局エッジは彼を、夕食に呼びに来たのだった。マヨールはまだ着替えてもおらず、上級魔術士のローブを着たままだったが、特に問題ないだろうと踏んでそのまま行くことにした。妹たちはもう行っているらしい。

口をきかないエッジとふたりで本邸に向かいながら、マヨールは思いついて、声をかけた。

「でも不幸中の幸いというか、こちらの魔術士の力を肌で感じられたのは良かったですよ」

思った通り、エッジには無視できる話題でなかったようだ。恐らくは相当絞られて、もめ事は起こすなと厳命されていたろうが、ぽつりと言ってみせた。

「わたしは魔王の娘で、父の技を受け継いでいる唯一の弟子よ。あなたの言う〝こちらの魔術士〟と一緒くたにされるのは不本意」

（おっと）

世辞のつもりが、それすら不相応だったらしい。だが調子を合わせるより、マヨールはつい思い浮かんだ疑問のほうを口にしてしまった。

「あれ？　彼には弟子がいませんでしたっけ。確か……」

「ほんの短期なら、いないでもないけれど。父のレベルについていけずに逃げたようなのばかりよ」

「へえ……じゃあやっぱり、彼はずば抜けた術者なんだろうね」

マヨールの相づちに、彼女は答えるまでもないとばかり、肩をすくめただけだった。

少し踏み込んでマヨールは訊ねた。

「でも突然変異の怪物じゃあるまいし、具体的にはなにが凄《すご》いのかな。噂話はとっぴな内容ばかりで、いざ本人を目の前にするとさすがに馬鹿馬鹿しいだろう？　ひとりでドラゴン種族を絶滅させたとか、海を割ってスクルド号を救出しようとしたとか」

エッジが足を止めた。

挑発するほどではなくとも、彼女がむきになってなにを言うかマヨールは待ち受けた。

だが。

魔王の娘が見せた表情は、家からの明かりに照らされてはっきりと見えた。怒りか、自尊心か、その類のものがあるに違いないというマヨールの予測を裏切って、彼女の目は虚空を彷徨《さまよ》った。遠い眼差しで、一瞬、漏らしかけた言葉をエッジは口先で言いとどめた。

その沈黙の間に玄関に着いた。

夕餉《ゆうげ》の席はにぎやかだった。

校長にその妻、娘が三人に犬が一匹。さらに三人の客を迎えて、校長夫人は長女にも手伝わせながら、忙しく全員の世話を焼いた。夫人は特に、プルートー教師と話を弾ませた。まるでふたりにしか通じない話でもあるように。マヨールにもなにげなく懐かしむような目を向けているように思ったが、意味はよく分からなかった。会ったことはないはずだ――夫人がキエサルヒマを発った時、マヨールはまだ生まれていなかったのだから。

ベイジットは相変わらずで、エッジが校長に相当叱られたのを分かっている上でことあるごとに彼女を挑発した。耐えきれずにエッジが言い返そうとすると、ラッツベインが存外に容赦なく叩くか睨むかして黙らせる。姉ふたりの横でラチェットは、知ったことではない風に黙々と食事をしていた。犬は部屋の入り口で寝そべっている。餌も出されていないのに、誰にねだるでもなく大人しかった。

マヨールは校長に、率直に疑問を投げた。相手の気質を見たところそれが一番手っ取り早いように思ったのだ。

「開拓団はキエサルヒマに税金を払っていない、と非難されている件についてはどう思われますか」

「実を言うと妥当な意見だと思うね」

校長はそう言って、パンを千切った。

「二十年前に無断で島を出たことについては、まさにそうだ。だが現時点ではどうかな。もしこちらの独立に対して正式に抗議が来たならこう答えるよ――いいのか？　我々が誰を納税先に選ぶかによってキエサルヒマの支配組織が決まることになるぞ？　とね」

「……王立治安構想が復権するという脅しですか」

「こちらが貴族連盟を選べばそうなって、魔術士同盟が困る。魔術士同盟を選べば貴族連盟が困る。本音を言えばだ、勢力が分断している限り君たちはちっとも怖くない」

「一枚岩じゃないのはこちらも同様でしょう」

「ああ。でも君たちは、こちらを怖がってる」

彼はにやりとしてみせた。

食事が済むとプルートー教師は早々に離れに引き上げたが、ベイジットが粘って校長に張り付いたため、マヨールもそれに付き合った。これはそう不都合でもなかった。妹の愚にもつかない質問攻めを横で聞いているだけでも情報は得られる。校長の好きな色や好物、昨日どんな夢を見たのかについては情報価値もなかったが……

ベイジットが話をやめないために夜更けになって、ラチェットに引き続いてラッツベインがあくびした。ラチェットを部屋に寝かせた母親が、あなたも寝なさいと促す。エッジはずっと言葉少なに、話に参加するでもなくじっとしている。いい加減にマヨールもベイジットを制止した。迷惑だからそろそろ切り上げろよ、と言われてベイジットはいつもの反抗顔を見せたものの、じゃあひとつだけ、と食い下がった。

「プルートー教師ってば、今でも校長先生に勝てる自信アリって言うんですよー。アタシ、そんなんして欲しくないですケド。でも実際はどうなんですか？」

「実際っていうのは？」

肘掛けに頬杖して、校長。

ベイジットはにんまりと言い直した。

「プルートー教師の凄いのは、アタシも知ってるんです。《塔》の教師はみーんな先生のことハブにしてるくせに、本音じゃあ怖がってるんですよ。うちの両親なんかもそう」

「あの世代の魔術士にとって、彼は悪夢のようなものなのさ。仕方ないよ」

「ンー、じゃあ校長先生にとっても？」

「もちろん。でも悪夢ってのがどんなものかというと……そうだな。チャイルドマン・パウダーフィールド教師という人物を知ってるか？」

「？　誰ですかー、それ」

「そう。こんなもんだ」

その日はそれでお開きになった。

◆◇◆◇◆

真夜中過ぎに目が覚めて、オーフェンは寝室から出た。

気配というほどはっきりした予感があったわけでもない。気負いもせずに廊下を進み、玄関から庭に進むと月光が眩《まぶ》しくあたりを照らし出している。寝間着の上に羽織ったガウンを軽く掴んで、しばらく立ち尽くす。風は冷たくはない。やや涼しいほどか。

庭から同じ夜空を見上げていたプルートー師が、こちらを見ることもなくつぶやいた。

「久しぶりだ」

再会の挨拶はとうに済ませている。

しかしふたりだけで話したのはこれが初めてだった。プルートーの言う再会が、前にそうしてふたりで会った時から数えてのことであるのを、彼の口調からもオーフェンは感じ取った。うなずく。

「ええ」

「大変そうだな」

プルートーは視線を下げると向き直ってきた。老いたとはいえ肉体はまだまだ頑健そうだ。ベイジットの話を思い出す——あながち冗談でもなさそうだと、オーフェンは可笑しく思った。そして懐かしくも。

玄関から降りて相手に近づき、かぶりを振る。

「古い組織に残ったあなたのほうが苦労は多いでしょう」

「どうかな。苦労といっても気苦労だけだ。若い連中の訓練に関わるのは、むしろ性に合っている」

静かに答える教師にオーフェンは告げた。

「あなたを教師として招聘《しょうへい》したい」

プルートーは即答した。

「無理だよ。わたしに気を遣って波風を立てるな。だが、礼は言う」

可笑しく、懐かしく感じるのは、この男と共有できる思い出のせいだろう。彼の律儀さは、キエサルヒマに残してきたものにもまだ名残惜しさがあることを思い出させる。一方で、なお捨てざるを得なかったものについても。離れで寝ているであろうマヨール・マクレディの顔が思い浮かんだ。母親に生き写しだ。

（そうだな。場合によっては、彼は甥《おい》だったか）

血はつながっていないのだから、名乗れないだけではなく、本当に彼は甥ではない。

沈黙に感傷を察してか、プルートーが口を開いた。

「《塔》に伝言があるのなら、わたしが引き受けるが？」

それが彼の、この来訪の役割なのだろう。オーフェンは訊ねた。

「あそこはあなたをそうやって使っているんですか？」

「訊くなよ」

「あなたは使い走りじゃなく、味方の駒として欲しい」

「うまい考えとは思えんな。わたしにもプライドはある」

プルートーはそう言って、苦笑した。

確かに、かつて部下に呼ぼうとした相手の慈悲に縋《すが》るよりは、《塔》で使われているほうが面目は立つだろう。オーフェンとしては同情などではなく本音でこの教師が欲しかっただけだが、実際にどうかというのは世間体の役には立たないものだ――何故なら風評を囁くのは当然、悪意ある者だからだ。

信じてもらえなかったことは悲しくとも、それを責めはできない。オーフェンは嘆息した。

「断ったんだから、使い走りもなしです。手ぶらで帰ってください。そちらで探った情報を持ち出すことは止めませんが」

「……まあ、いい。礼を言ったほうがいいのかな？」

「いいえ。意固地な奴だと思ってくださって結構ですよ」

オーフェンはそう言って、庭から引き返した。

ベッドにもどると、妻が目を覚ましてしまったらしい。オーフェンが詫びると彼女はむにゃむにゃと寝ぼけたように返事した。

しばらく目が冴《さ》えて寝付けず、オーフェンは寝室の天井に向かってぽつりとつぶやいた。

「処女千人で忠実な軍隊が手に入るんなら、案外お買い得かな」

「なんの話?」

夢うつつで訊き返す妻に、オーフェンは笑った。

「いや、なんでもない」

そう言って目を閉じた。

◆◇◆◇◆

翌朝、同じ馬車に乗って市内までもどる。

校長と、フィンランディの姉妹のうち下の妹ふたりは学校に。マヨールは申し出て、ラッツベインに街の案内を頼んだ。ベイジットも一緒だ。プルートー教師はやはり別行動で分かれていった。

ケシオンはベイジットにさんざんねだられたが、当然仕事があるからと、校長についていった。

「なら、校長先生のお仕事を見学させてヨー!」

馬鹿な頼み事をする妹に、ケシオンは愛想良く笑ってこう答えた。

「今日は議会の仕事ですから。退屈なだけですよ」

「マジでな」

校長が嫌そうに顔をしかめる。

辟易《へきえき》しながらも娘に慰められて、校長と秘書は去っていった。

「さてっ」

ラッツベインはマヨールとベイジットに向き直った。

「どこから回りますかー？　えと、お勧めはですねー。うーん。キャプテン・キースの像とかどうですか？　すっげー赤いって評判ですよー」

「なんで赤いんですか……」

どう断ろうかマヨールが迷っていると、後ろでベイジットがはい！と手を挙げた。

「ニューなんとか！」

「え？」

ラッツベインは首を傾げた。ベイジットは何度も手を挙げて詰め寄りながら、

「あれよ！　なんだっけ。駄目んなっちゃったっていう。帰れなかったとこ！」

「はあ……」

要領を得ないベイジットにラッツベインは何歩か押しやられながら、

「ニューサイトですか。壊滅災害の。あそこは立ち入り禁止ですよう」

「見えるとこまでも近づけないの？」

「やめたほうがいいと思いますよー……風向き次第じゃ即死しますし」

「そんなに？」

驚きの声をあげたのはマヨールだった。住めないほど汚染されたとは聞いていたが。

鼻息荒いベイジットになおも押されながら、ラッツベインはあっけらかんとうなずいた。

「ええ。デグラジウスとかいう神人種族が居座ったんだそうですー。まあ被害としては一番大きい事件だったみたいですねえ。わたしは小さかったんで覚えてないですけど。父さんも死にかけたって言ってましたー」

「いやそんなにこやかに言われてても」

「それよ！」

ようやく突進をやめて、ベイジットが目を見開く。魔王の娘の手を取って、

「校長先生、神人と戦ったのよね？　どうやって生き延びたの？」

「どうって言われましてもー。まあ戦ったんじゃなくてなんとか防戦して住民を逃がしただけで。その時たまたま死ななかったからでは」

すっかり困った様子のラッツベインに、マヨールも疑問を投げた。

「随分と呑気《のんき》に言うもんだね」

「父さんは魔術戦士ですからー。責任を負う以上は死ぬことだってあるって、わたし小さい頃から言い聞かされてきたんですよー。それに父さんは死なかったですけど他は大勢死んだんですから、あんまり深く考えると嫌になっちゃいます」

「……………」

それが開拓者の気質というものではあるのかもしれない。

結局、魔術戦士について質問をしながら市内を観光した。ベイジットは不満たらたら——かと思いきや、ラッツベインの語る魔術戦士らの資格や制度、歴史については存外しっかり食いついて聞いている。キャプテン・キースの像の下で（本当に赤かった）、屋台で買った揚げパンを昼食代わりにしていると、ベイジットはラッツベインの腕を掴みながら質問した。

「教えて欲しーんだけど、魔術戦士で一番強いのっていったい誰？　校長先生以外に！」

なにかをねだる時まとわりつくのは妹の癖だ。それに加えて目を爛々《らんらん》と輝かせ、ラッツベインの顔をのぞき込んでいる。

ラッツベインが頭を退《ひ》いたのは、パンを食べるスペースを確保するためだった。一口齧ってから食べる間に考え込んで、飲み下して答える。

「別に月間ランキングとかあるわけでもないですしねー。そもそも父さんだってどうなんだか……この前カメムシから逃げ回ってましたよ。一回知らないうちに鼻に入られてからは恐怖らしくて」

「そゆんじゃなくて！　あるっしょ！　噂とか評判とか。アタシの知りたいのは……ええと、そう、有名で誰にでも知られてるよーなの！」

「うちの師匠なんかも一応魔術戦士のくせに、ものすご弱っちいですよ。だらしなさキングなんで、うちの母さんがたまに掃除に行ってあげると、もう悲しいくらいの佇《たたず》まいで――」

「だーかーらー、そゆんじゃなくて！」

さんざん促した結果、ようやくラッツベインが思いついたのはクレイリーとかいう教師の名前だった。

「強くて有名っていうか、学校の教師兼任してる魔術戦士はその人とうちの師匠くらいで。普通は騎士団専任っていうか、専門家なんですけど、ここ十年くらいは目立った壊滅災害もないですし有名になるような人もいないんですよ。なのに威張ってる感じだからちょっと嫌です」

「ふうむ」

聞いていてマヨールは、ついうめいた。ラッツベインがきょとんと振り向くのを見て、せっかくだからと訊ねてみる。

「彼らの活動内容は秘密なの？」

ラッツベインは首を横に振った。

「いいえー。むしろなにかする時は判定機関の承認がいるんですー。父さんもその判定員です」

「なんの判定？」

「敵が神人種族かどうかです。まあ、化け物が出たーって炭焼き小屋の人が騒いで、行ってみたらイノシシだったなんてこともありますしね」

「ふうむ」

マヨールは繰り返した。ラッツベインは不思議そうに目をぱちくりしているが、今度は無視した。

ラッツベインの話は、この新大陸で魔術戦士なる連中の行動が公開されていることの保証にはならない――公開する制度があるというだけだ。口には出さなかったが、それだけで信用するのはこのお人好《ひとよ》しの魔王の娘くらいのものだろう。

「魔術戦士には会えるでしょうか？」

彼女の目を見てマヨールは答えを待った。ラッツベインは、んー、と渋い顔つきで迷ったあげく、曖昧に視線を外した。

「うちの師匠とかなら、野良猫並みの頻度で会えますよ。でもちゃんとした魔術戦士は、なーんていうか無愛想で。エド・サンクタムなんか、年に三語くらいしかしゃべらないんですよ。ご近所さんなのに」

「その人には会えます？」

「まあ、会えば会えますけどー」

「いっッ⁉」

急に食いついてきたのはベイジットだ。ほとんど頭突きしかねない勢いだった。実際少しぶつかって、頭を押さえながらラッツベインは答えた。

「えーと、駐屯地は行っても門前払いされるだけなんで、おうちに帰ってから、でしょうか」

「今すぐ帰れない⁉」

「馬車を手配すれば、まあ……でもエドさんが家にいるかどうか分かんないですよ」

「待ってれば帰ってくるよね⁉」

「なんでお前がそんな熱心なんだよ」

ラッツベインをキース像の台座に押しつけているベイジットを止めながら、さすがにマヨールは顔をしかめた。ベイジットは、はっとしたようにラッツベインから離れると、

「ハハッ。いやね、えーと、ちょっとイー匂いすんだもの。ラッツちゃん」

「えー？」

服の匂いを嗅ぐようにしながら、なおさらラッツベインが困惑する。と、はたと気づいて抗議する。

「ラッツは駄目ですようー」

「えー。いいじゃん。病原菌で町を壊滅したりすんのよ。カッコイーよ」

なんにしろ、ベイジットに押し切られてラッツベインは馬車を手配してくれた。

ローグタウンへと向かう。乗り物の中での落ち着かなさは昨日と大差なかった――おっとりした魔王の娘を妹がからかい続け、その騒ぎを耳から締め出すためにマヨールはひたすら窓の外に視線を固定していた。流れていく風景のなにを見ていたわけでもないが。なんとはなしに心に浮かんだのはこのことだった。

〝責任を負う以上は死ぬことだってあるって、わたし小さい頃から言い聞かされてきたんですよ〟

この新大陸には、確かにキエサルヒマとは違うものがあるようだ。

たった二十年でここまで栄えたのは驚くより他ない。どうしたところで認めざるを得ない不安が、キエサルヒマにはある。新天地で連中が力を増すにつれ、自分たちが丹念に否定されていく、そんな不安だ。ラッツベインはこの地で生まれて、もはやキエサルヒマ大陸を知らない。キエサルヒマで生まれ育っても、ベイジットのようになんの未練もなく新大陸を目指したがる者もいる。そのどちらも、増えることはあっても減ることはない。キエサルヒマ大陸を選ぶのは？――既得権益を持って捨てるに捨てられない者か、もしくは彼らに気に入られてそれを相続できる優等生だけだ……

（いやいや、待て）

旅先の空気にあてられて弱気になっている。マヨールは己を叱責した。力関係で言えばまだまだキエサルヒマのほうがずっと上だ。ベイジットのようなのがいるのは単に新し物好きなだけで、麻疹に過ぎない。ラッツベインの言葉に大層な覚悟が感じられるとすれば、それは単にここでの生活にはそんな覚悟をしないとならないということに他ならなかった。

（見誤っては駄目だ。ここは神人種族の気まぐれで、ある日突然全滅するようなところなんだ）

認めても得はない。

ローグタウンは静かだった。魔王の家よりも手前、村の中で馬車を降りる。まだ昼下がり。ほとんどの家は農作業に出ている。

「こっちですよう―」

案内するラッツベインについていく。村の中にあるというのにどうしてかぽつんと孤立して見える家の前で彼女は止まった。そんな奇妙な印象を持ったのはどうしてか――マヨールはあたりを観察した。周囲の家が何故か、この家に背を向けているのだ。意図してそう建てたとも思えないが。この家自体も高い塀に囲まれて、寂れているわけではないが人気を感じさせない。ラッツベインは門の前で背伸びして中をのぞき込んだ。

「いますかねー」

「呼んでみたら？」

と、ベイジット。しかしラッツベインはこう言った。

「いやー、いたら大抵は、こっちが近づく前に出てきて――」

「愛想いーじゃん」

「いえ、近づいてきた目的を確認してすぐ引っ込むんです」

あっけらかんとのぞきを続ける。

玄関の戸が開いた。

中から顔を出したのは若い女だ。鋭い眼差しでさっとあたりを見渡して、こちらを見つける。声を聞いて出てきたのだろう。ラッツベインを見つけると腰に手を当てため息をついた。

「ラッツベイン・フィンランディ」

呼びかけたというよりは、その名前を口にすることで飲み下せないものを喉に通したという口調だ。対してラッツベインはきょとんとした。

「あれ？」

そして身体を逸らすと小声で耳打ちしてくる。

「魔術戦士のシスタさんです」

向き直ってお辞儀をしてから、彼女は魔術戦士に訊ねた。

「なんでシスタさんが？」

「留守番を頼まれたのよ。マキの世話があるからね。隊長はヴィクトールの護衛で出てる。しばらくもどらないわよ」

「あー、そうなんですかー」

ラッツベインは納得しているが、知らない名前が出てくるばかりでマヨールにはさっぱりだった。戸惑っているとラッツベインはまた小声で、

「マキはエドさんが面倒見てる子です。ヴィクトールはヴィクトール・マギー・ハウザー」

それで説明が済むということは、とマヨールは見当をつけた。

「エドガー・ハウザー大統領と関係が？」

「そのご子息です。彼もこの村に住んでるんですよう」

〝彼〟の言い方にちょっとした含みを感じて、ラッツベインの顔色を盗み見る。彼女は自分で言ったその言葉にはにかんでいるようだった。なお憧れを瞳に浮かべていたが、すぐにやや表情を曇らせた。

「あんまりいませんけど」

「隊長になにか用なの？　お父さんの伝言なら本部に代理が――」

シスタが声をあげると、ラッツベインは首を振った。

「あ、いえいえ。あの、こちらキエサルヒマ島から来られた《塔》の方々です。こっちを見学に。で、魔術戦士を見てみたいっていうので」

こちらを示して説明する彼女に、シスタは露骨に顔をしかめてみせた。

「わざわざ隊長でなくても良いでしょうに。あなたの先生は？」

「えー。師匠じゃ駄目でしょうー。魔術戦士をって言ってるのに、あんなんじゃ例にならないですよう」

シスタはまた随分と複雑そうな顔をした――なにか言いたそうにも見えたが諦めたしい。そしてようやく興味を持ったようにマヨールとベイジットに視線を向けた。あまり暖かい興味でもなさそうだが。

「島の魔術士……ね」

鼻で笑うように口にする。玄関から下りもしなかったし、そもそも戸口から出てこようともしていない。マヨールは咳払いした。

「マヨール・マクレディです。《塔》を代表してこちらの魔術士について勉強させていただきたく参りました」

握手のため手を差し出すのを、最初から拒否している距離だ。マヨールはその場で頭を下げて、相手を盗み見た。魔術戦士はじっとこちらを見下ろしている。返事すらない。

魔王配下の騎士団員――という言い方をすれば、恐らく彼女はこう言うだろう。彼は外部顧問で正式な指揮権は持っていない。だが開拓期に実質、魔術戦士らの頂点に立っていたのはオーフェン・フィンランディであるし、有事の際には再びその立場に返り咲くだろう。

　このシスタは見る限り、相当に出来そうな立ち居振る舞いではある。厳選された魔術戦士だというならそれなりなのは間違いないし、志願制なら士気も高かろう。あのエッジも数年経てばこうした魔術戦士になるのかもしれない。

　ベイジットの挨拶を待ってから、マヨールは言い出した。

「こちらでは特殊な戦闘訓練をされていると聞きまして。それでお話を――」

「聞いた？　誰から」

　シスタのその反応は、予想外のものではあった。

　彼女はじっとラッツベインを睨みつけた。厳しい口調で、

「なにかを話したの？」

「いいえ？　まあ、そういう訓練は街の外でやってますってお話をしましたけどー」

「市での取り決めで、破壊的な魔術の使用は制限されている。訓練場を見学したいなら学校に許可を求めなさい。余所者《よそもの》の子守はわたしたちの管轄じゃない」

　早口にシスタは言い捨て、家の中にもどってしまった。バタンと閉じる扉に二の句も阻まれ、マヨールは胸中で皮肉った。ああなるほど。大事な子守の任務中だものな。

深々と、ラッツベインが嘆息するのが聞こえた。

「もうー、あんな調子なんですよ。すみません」

「いっけ好かねーって感じよね」

聞こえよがしにベイジット。ラッツベインは再度謝ってから話を続けた。

「うちにはもっとタチ悪いのがいますから慣れてますけど、魔術戦士があんな風になっちゃうのは特別扱いされてるわりに、できることがなんにもないからなんですよねー。規律も厳しいですし。っていうのは師匠の受け売りですけど」

「すかした奴って、ぎゃふんと言わしたくなるよね。あの家、火でも点けてく?」

「それはぎゃふんっていうか凶悪事件ですけどー」

そんな話を聞きながら、マヨールは扉を見つめて考えていた。確かにいけ好かないし態度も傲慢だが……

(慌ててなかったか?　あの女)

それこそ火でも点けて確かめたくなる。あの魔術戦士は来客を一蹴して姿を消したんだろうか。それともまだあの扉の裏で、息を潜めてこちらの様子をうかがっているんだろうか——誤魔化し切れたかどうかを。

だが。

(別の方法で試したほうがいいな。今はまだ)

つぶやく。妹らの後を追って、マヨールも回れ右をした。

まだ時間があるのだから市内にもどっても良かったのだろうが、ベイジットがもう疲れたと言い出したため、そのまま魔王宅に帰った。せっかく空いた時間だが、借りた部屋でマヨールは思索して過ごした。

（魔王は魔術戦士になにかの役割を与えて区別している）

無論、魔術は単に汎用的に有効なのだから、その仕事はあるだろう。ことに開拓事業においては。情勢は均衡を保っているとはいえ緊迫もしているため、警護や軍備としての役割も強い。

校長は、キエサルヒマ魔術士同盟との明白な対決を意識しているだろうか？　これは問う意味のない疑問だ。国力を比較して、新大陸側に勝ち目はない。そもそも新大陸側には戦うメリットもない。キエサルヒマのほうにはあってもだ。大軍を新大陸に輸送するだけの船とそのクルーがいれば、キエサルヒマは攻め込んだかもしれない。しかし渡航の技術で先んじているのは新大陸の側だ。

現実問題として戦争は起こらない。少なくとも当分の間は。

だが三年前、彼は講演ではっきりと同盟を挑発した。《塔》の体制を罵倒し、若い者はまだ間に合う、時代のがれきに埋もれる前に這い出せと呼びかけた。彼の指摘は要所を押さえ、当を得ていたのも確かだ。だが正論をぶつだけなら《塔》にも改革派はいたし、他人に指摘されて変わる組織などない。こちらに渡って話をしてみると、魔王はそんなことも分からないような意固地な理想論者ではなかったし、過激な好戦者でもない。

しばらくして外に気配がした。馬車が到着したようだ。

礼儀としてマヨールも部屋から迎えに出た。エッジとラチェット、そして校長が馬車から降りてくる。待ってましたとばかりにベイジットが校長に張り付き、魔術戦士の態度について告げ口するのを聞きながら、マヨールはエッジに訊ねた。

「プルートー教師は？」

「いいえ。見てない。市内の宿のほうを使うんでしょう」

あなたはそうしないの？　とばかりに目を細めて、素っ気なく彼女は言った。

「ねー？　ヒドイと思いませんかー！」

声をあげるベイジットに、校長が苦笑して答えるのが聞こえた。

「どうだろう。彼らの任務は、人に好感を与えないほうが良いという側面もあるからね」

「えー？　絶対愛想イーほうが良いですってー！」

「魔術戦士の姿を見ると大概の人間は目を逸らして声をひそめながら、彼らに敵対するのと彼らに守られるのと、どっちが得かを考える。彼らにも家族がいて趣味もあって冗談に笑うこともある、なんて思い出してホッとされるよりは役立つだろう？」

「彼らの訓練を見学させてはもらえないですか？」

マヨールは会話に割って入った。

そして校長の顔に動揺の一筋でもうかがえないかと観察した――が、彼はあっさりと言うだけだった。

「構わないよ。興味があるだろうと思って話はしておいた。クレイリーに会うといい。彼は騎士教官も兼任することになってね」

最後の一言は、その名を聞いてしかめっ面になったエッジに向けたものだ。娘に言い訳するように校長は続けた。

「副校長の件を却下したからな。代わりに役目を付け足してやらないと、あいつまた悪い虫が騒ぎかねんだろ」

「悪い虫？」

ベイジットが問うと、校長は悪びれるでもなく肩をすくめた。

「使える奴だが、汚職の癖があってね。多少は大目に見るが時々度を超す」

その言い様にベイジットがくすくす笑う。

「師匠にもなんか役目あげてよー」

と、これはちょうど母親と一緒に玄関から出てきたラッツベインだった。昨日と同じ

ように犬に乗ったラチェットとすれ違いながら、

「いっつも暇そうだし、クレイリーさんが出世するたびに落ち込んでもっと暇そうになるんだものー。情けなくて」

「あいつは――ええと、もうホント手一杯に働いてもらってるんだよ」

校長はそそくさとそう言って、家に逃げ込んでいった。


前日と同じように市内にもどると、今日は学校までついていってクレイリーなる教師の元に案内された。クレイリー・ベルムはスウェーデンボリー魔術学校の教師であり、魔術戦士の資格を持つ。他の教師とは明らかに区別されていた――専用の個室を持ち、講義のほとんどを免除されて他の教師の管理役に専念しているとかなんとか。

ラッツベインがノックすると、扉から快活そうな声が答えた。

「やあ、ラッツベイン」

まだ扉は開いていない。だというのに来客を把握している――返事をする前にラッツベインはちらとこちらを向いて、こっそり嘆息してみせた。

「これ、いっつもやるんですよね。種明かしすると、向こうの廊下にある明かり取りの窓からのぞいてるんです」

と言ってから扉に向かって、

「はい——……ええと、わたしです。今日は、キエサルヒマ島の——」

「ああ、入りたまえ」

用件もみなまで言わせない。

ラッツベインは扉を開ける前に、また小声で囁いた。

「かなーりキモイと思いますけど心構えしてくださいね」

「え？」

マヨールは訊き返したが。

彼女が扉を開けた。入室してすぐにマヨールは話が呑み込めた。

予告がなければ既視感かと思ったかもしれない。あるいは〝うげぇ〟とでも言ったかも。クレイリーの部屋は校長室にそっくりだった——壁に飾った盾の位置から、間取り、ペン立ての置き場所まで。

（……なるほど）

ただ本人は校長に似たところはなかった。歳は校長と同じ頃だろうが、クレイリーは金髪で、背も高くたくましい。そしていかにも笑顔の似合う好漢の顔つきだった。先日ちらりとだけ顔を見たが、その時は校長から仕事を押しつけられて困惑した姿だった。

今日は機嫌が良さそうだ。

「これはこれは！　君たちの噂は聞いていたよ、マヨール・マクレディとベイジット・

パッキンガム。あの《塔》の秀才と才媛の血筋か！　さぞ、優秀な生徒なんだろうね。挨拶は随分と遅くになってしまったが――」

と、彼は一拍おいて、その一瞬だけ笑みを隠したようにも見えた。もしかして、会うのが後回しになったのを当てこすってるんだろうか。とマヨールが訝《いぶか》っている間に、すぐに話を続けた。

「失礼は謝罪するよ。わたしも忙しくてね。しかし今日は君たちの案内にたっぷり付き合うつもりだ。光栄だよ。わたしのほうも、キエサルヒマ島の四方山《よもやま》話など聞かせて欲しいね。離れてから長いこと経つが、故郷というのはやはり懐かしい。わたしはタフレムの出でね。母上のご懐妊にびっくりしたクチさ。若い頃、彼女は崇拝されていたからね」

「両親をご存じなんですか？」

怒濤《どとう》のような口上に、とにかく隙を見つけてマヨールはつぶやいた。

するとクレイリー教師はひとまず押し黙った。息を吸い、やや躊躇ってから言い直す。

「いや……親しい知り合いでもなかったよ。実のところご両親はわたしのことは覚えておられないだろう。おふたりは顔も広かったし――」

「そう……ですかね？　どちらかというと父も母も内向的で」

「え？　そんなことはないだろう。彼女は美人だったろう？　パーティーの華だよ。どんな騒ぎも彼女なしじゃ始まらなかった。時には盛り上がりすぎて屋根に穴を開けたりと」

「あの、母の妹と勘違いしておられませんか？」

「え？　妹なんている……のか？」

「いえ、昔に亡くしましたけど。すみません、本当に母を知っておられます？」

「…………いや……」

たっぷりと気まずく沈黙して、最後の最後に彼は小さく認めた。顔を逸らし、なにかとんでもない侮辱でもされたようにむっつりと黙り込んだ。

（なんだ、この人）

と思っていると、クレイリーは、さっとまた元の上機嫌にもどった。

「ま、昔のことだからね。勘違いもあるさ。もしかしたら君のほうが勘違いしているのかもしれないぞ――ハハ」

誤魔化し切れていない冗談だが、ここでまたこだわって機嫌を損ねるよりはと、マヨールは愛想笑いを返した。

それで解決したようだ。クレイリーは馴れ馴れしくラッツベインの肩を抱くと、にこやかにこれが〝校長に直々に頼まれた重大な仕事だ〟と念を押した。〝他のどんな重要な案件にも優先してこれをする〟と強調し、とどのつまりは、校長に頼まれて仕方なく、他の仕事を後回しにしてこんなことをさせられるのだと言い続けた。

　五分も聞かされる頃にははげんなりしていたマヨールだったが、ベイジットですら黙って耐えているので我慢するしかなかった。いや、それを意識したおかげで気づいた。

（変だな）

　ベイジットは多少表情を引きつらせながらも、クレイリーに逆らわず、時には相づちまで打っている。こんなこと彼女らしくはない。

　どうしたつもりか、キエサルヒマから持ってきた例の剣を今日は持ち出してきていた。布で包んでいるため一応分からないようにはなっているが。荷物を抱える手が苛々と力んでいるのが見て取れた。

「ええと、父さんはすっごく感謝してましたよ！　ええ本当に！」

　ラッツベインが半ば自棄《やけ》な調子で声をあげて、クレイリーの言葉を封じ込めた。

「それで、そろそろ出発したほうがいいですよね！　訓練所遠いですし！」

「でもアポは午後からだから――」

「いえ！　もう張り切って今から行きましょう！」

「いや、それはちょっと」

　クレイリーは急に慌て出した。

「見学は午後からだと向こうに伝えてあるんだ」

「ぼくも彼女に賛成です。時間を無駄にしたくはないので」

閃《ひらめ》いて、マヨールは口を開いた。クレイリーがぎくりと振り向くのを見返して、あとを続ける。

「なにかまずいでしょうか？　理由があるなら仕方がないですが」

「…………」

クレイリーはこちらを見、そしてラッツベインを見やった。その眼差しが曇る。さっきと同じだ。余計なミスをした、という顔。

(こいつは、昨日のシスタよりずっと扱い易い。チャンスだ)

自分がなんの機会に賭けているのかは分からなかったが、とにかく風向きが変わるのだけは感じ取って、マヨールは気を込めた。

(あの校長も、よっぽどぼくらを侮ってるんだな。こんな間抜けを案内につけて。こいつから全部探り出してやる)

「まあ……なら、いいだろう」

教師が折れるのを確認して、マヨールは内心で快哉《かいさい》を叫んだ。もちろん外には出さないが。

だがベイジットはもう少し素直に反応した。やった、とマヨールの腕を突いて言ってくる。

「兄ちゃん、空気読んだじゃん！」

「黙れ。置いてくぞ」

よりによってこいつに言われたくはないし、いくら相手が間抜けとはいえわざわざヒントを与えてやる必要もない。聞き咎めるようにしていたクレイリーの機先を制して、マヨールは告げた。

「では急ぎましょう。《塔》はあなたに感謝しますよ」

そんな一言だったが、クレイリーが眉を上げげなにかを計算するような素振りを見せたのもマヨールは見逃さなかった。こんなお調子者の間抜けは、恩が売れるとなれば相手は選ばないだろう。キエサルヒマはいまだ新大陸に対して優位であり、かつ、新大陸を恐れている。さぞ高値で買い取ってくれると期待できるのだから。

◆◇◆◇◆

「やはりと言うべきかな。魔術戦士に興味を持っている。探り回っているならそろそろ遭遇するかもしれない」

「……まあ、そうだろうな」

「不満か？」

「当たり前だ。俺は人間だし、末永く人間でいたいと思ってるんだからな。雲の上から駒を操ってるような気分にさせられるのは――」

「誰も君を非難はできないさ。実の娘を同行までさせて」

「そこが不満だ。できれば誰に文句を言われようと、娘は一番安全なところに隔離しておきたい。檻《おり》にでも入れてな」

「キエサルヒマ結界を張るか？　君ならそれくらいの力はあるだろう」

「苛つかせるなよ。お前が、そんな機微も分からないほど人間離れしてるわけじゃないのは分かってる」

「どの道、遭遇は予測不可能だ。彼らはどのような形にも発生し得る。幸いにもと言うべきかな――あの娘があんなものを持ってきたから、わたしもいくらかは干渉できる。助力は約束するよ」

「こうも回りくどいことをする必要があるのかな」

「疑問か？」

「疑問だね」

「三年前、直接に訴えようとした時にはあきらめたろう。彼らは体験しなければ納得しない。君もそうだったろう」

「言っていいか？」

「どうぞ」

「ああ、それだけがわたしの望みだよ」

「死ね」

◆◇◆◇◆

魔術戦士の訓練所は市から離れた林間にあるという。

移動は例によって馬車だ。クレイリーは御者に自分の名と用件を告げた――そして御者にも身分証の提示を求めた。手首の入れ墨だ。

全員が乗り込んでから馬車は走り出した。落ち着いてからクレイリーが口を開く。黙ってはいられない性分らしい。

「しかし、若い子というのはどこも同じだね。魔術士というと戦闘力だと思ってる」

「それが自然な発想だからでは？」

相手の意図を探ろうとしながら、マヨールは応じた。クレイリーはにやりと笑う。

「エド・サンクタムは騎士団では一、二を争う魔術戦士だがね。わたしは彼の倍は報酬をもらってるよ」

（なんだ。自慢話か）

マヨールが小さく嘆息していると、ラッツベインがきょとんと瞬きした。不思議そうに訊ねる。

「でも、その一、二を争ってる相手ってクレイリー先生ですよね？」

「なに言ってるんだ。違うよ」

まさに面食らった様子で彼女を見て、クレイリーが呆気に取られる。

「なんというか、よりによって君がそう言うか……まあ、そう思ってもらって光栄と思わないでもないけどね。わたしはできれば、魔術戦士などという肩書きで戦力として数えられるのは嫌だね。納屋の農具と同じ数え方をされてる気がする。だが開拓の古参として、あの当時はそうした奉仕を表明しなければ魔術士は食糧も医薬品も分けてもらえなかったことも忘れられない」

「魔術戦士騎士団の存在意義は、今でもそうだと？」

話の行き先を察して、マヨールは訊ねた。クレイリーの目に、出来の良い生徒を見るお馴染みの（どこの教師であろうとマヨールにはお馴染みだ）光が映る。

「そういうことになるだろうな。カーロッタ派は魔術士が通常通り市民に溶け込むことに難色を示す。我々に特権を与えてでも目印をつけ、制限を課したいんだ」

「矛盾に聞こえますね」

「その通りだ。彼らはジレンマを抱えている。魔術の存在は大幅なリソースの節約になる――今なお、この大陸では不可欠だ。だが恨みは根深い。カーロッタ派とサルア派の開拓団の邂逅《かいこう》というのは、後になって我々が聞かされたよりも遥《はる》かに悲惨なものだったと思うね。少なくとも何度かの戦闘が行われ、校長がカーロッタ派の指導者を屈服させたことでなんとか収めたんだ」

「死の教主カーロッタ・マウセンですか」

「予習してきたようだね」

クレイリーはますます機嫌を良くした。面白がるようにラッツベインを見やって、

「君は知らなかったろう?」

言われてラッツベインはばつが悪そうにうつむいた。

「父さんの関わったことは、あんまり聞かないようにしてるんですよう。血なまぐさそうなことは特に」

「それじゃあ、開拓史のほとんどが聞けないな。校長のことについても、血なまぐさいことについてもね。みなはわたしのことをおべっか屋と言うが、およそこの原大陸の住人で、校長に借りがない者などいないんだ。癖の強い魔術戦士も彼の命令には従う。だが彼は、それを力で成したわけじゃあない」

「でも、校長先生が一番強い魔術士なのも確かでしょ?」

と、これはベイジット。クレイリーの言い含める態度が気に入らなかったのだろう。剣を抱えて挑戦的に話の腰を折った。

クレイリーは引きつったような半笑いで同意した。

「ああ。優れた術者でなければ成し遂げられなかったこともした。だがそれだけでは足りないという話だよ。わたしは騎士団で〝最も強い魔術戦士〟ではないが――」

　また意味ありげにラッツベインを見やってから、続ける。

「校長の仕事を引き継ぐのは自分だと思っている」

　結局は自慢話で終わった。

　いや、終わらなかった。クレイリー教師の話はその後もなにかにつけて自慢話に辿《たど》り着いたが、スウェーデンボリー魔術学校の内情についてうかがえるのは純粋に興味深かった。彼は校長から実務のかなりの部分を任されている。教師の直接の管理はこのクレイリーの役目だ。それをちゃんとこなしているのなら多忙というのも嘘ではないだろう。ただ、対外的な実権を校長が固守して、クレイリーの役目がもっぱら内部に向かっているのは、もしかしたら汚職癖とやらのせいかもしれない。

　時間は長く感じられたが、馬車が着いたのは騎士団の駐屯地だった。訓練施設もこの敷地内にある、とクレイリーは説明した。

　馬車から降りて眺めると、駐屯地といってもそう大層なものには見えない――丸太の柵に囲まれた建物はいかにも急ごしらえの木造で、柵の隙間からのぞくと中にはテントが並んでいる。

（まあ、それはそうか）

とも思う。たかだかここ十数年で建てられた要塞だし、市内の魔術学校とはわけが違う。資材はあたりの林から切り出して集めたのだろう。

門の入り口に歩哨《ほしょう》が立っている。その魔術戦士はクレイリーの顔を見ると、機敏な動作で礼をした。一方で彼の連れてきたマヨールやベイジットに胡散臭《うさんくさ》く視線を注いでいる。

「予定では三時間後の到着では？」

「ああ。早まったんだ。訓練の予定は変えられないだろうから、それまでは施設を見学でもさせてもらうよ。隊長に許可を求めたいんだが──」

「隊長は不在です」

そのやり取りを聞いていると。

ふと、横にいるベイジットがつぶやいた。

「あれ？」

見やると妹は、抱えた剣の布がはらりと解けたことに驚いたようだった。突然武器が見えたことに、歩哨の魔術戦士の目つきが反応する。クレイリーもだ。会話がいったん止まった。

ベイジットは慌てて、剣にまた布を巻き直した。ついでに言い訳もしようとしたところでまた布が解けた。再度巻き直そうとする。が、今度はその指が明らかに弾《はじ》かれた。

「痛っ」

彼女はうめいて、剣を地面に取り落とした。落ちた剣は不自然に跳ね回った――ただ落ちただけではない。うなりをあげ、激しく振動して何度も跳んだ。

「なにこれ」

呆然《ぼうぜん》とするベイジットを押しやって、彼女と不審な剣の間にマヨールは割って入った。妹をかばって身構えるものの、これをどうするべきなのかは咄嗟に思い浮かばない。意味が分からなかった。

「なにこれって、お前が持ってきたんだろ。なんなんだよ、これ」

「これは――」

言いかけたベイジットが絶句したのは、剣の動きに変化があったからだ。剣は地面を跳ねるのをやめて、ぴたりと止まった。しかしそれは空中に浮かび上がったからだ。剣は鞘《さや》から自然と抜けた。すらりとした刀身を引っ張り上げて浮遊するその姿は、人が立ち上がったようにも見える。

剣は不意に横へと飛んだ。

音もなく。吸い込まれるように空を滑り、同じように馬車の上で剣を見つめていた御者の首に突き刺さった。

御者は剣の重みを受けて、よろめいた――風に吹かれるように。だが倒れなかった。

首の半ばを切り裂き、貫いた剣を、寄り目になって見下ろした。手を上げて、震えながら刀身を掴んだ。引き抜こうともせずに指で撫でた。

間違いない。即死だ。男はもう死んでいる。だというのに、男は笑い出した。

クレイリーが叫んだ——と同時に構成を描き、魔術を放った。速い。マヨールは正直、この教師がここまで練達した術者だなどと思ってもいなかった。光熱波が放たれるのは分かっているが、マヨールの防御は間に合わない。ぞっとした。というのも、クレイリー教師が攻撃したのはベイジットに違いないと思ったからだ。軍事施設の目の前で、不可解な武器を使って殺人を犯したのだから当然の処置だ。

だが妹はわざとそうしたわけではない。馬鹿な妹だが、そんなことはしない——間に合わない時間の中で、マヨールは声にならない叫びを発した。身体は勝手に動いた。妹を突き飛ばし、なんとか逃がそうとする。白い輝きが視界を灼《や》いた。光は目の前を横切り、真っ直ぐに御者の身体を呑み込んだ。

馬車が爆発した。御者と剣もろともに火柱が覆う。

「……え？」

状況が分からず、マヨールはうめいた。

ベイジットの囁きの続きが耳に入った。

「オーロラサークル」

「え？」

繰り返す。ベイジットは叫んだ。

「ケシオン・ヴァンパイアの剣だよ！」

火が消えた。唐突に。

馬車は跡形もなかったが、その残骸の中心に、御者は立っていた。爆発の影響はなにもない。喉に刺さっていた剣を手に持っている。凶暴な顔つきでうなり、剣を引き抜いた。血が迸《ほとばし》ったがそれは気にせず、剣を地面に叩きつけた。

呼び子が鳴った。振り向くと、歩哨が笛を吹いている。門が開いて数名の魔術戦士が飛び出してきた。クレイリーが叫ぶ。

「襲撃だ！　敵の狙いは——」

「我が神を……返せ」

人のものとも思えない御者の声に重なるように、クレイリーは声を張り上げた。

「魔王術記録碑だ！　神人対抗措置執行判定のわたしの票を投じる！　全限定解除して応ぜよ！」

「クレイリー教師！　これは……」

マヨールは駆け寄って、クレイリーの腕を掴もうとした。

だがその腕は既にそこにはなく、魔術戦士の動きをマヨールは見失っていた。クレイリーの手刀が視野の外から迫るのを、マヨールは何故だか察していた。そしてその一撃が後頭部に振り下ろされ、これから気を失うであろうことも、どうしてか察していた。

頬に伝わってくる震動で目が覚めた。

横たわっているのはむき出しの地べたではない――倒れた場所から移動させられている。それを、痛みに痺《しび》れる頭の中で考えた。

うめいても、周りの騒ぎのほうがうるさいため、聞き咎められることはないだろう。それも思った。目を閉じたまま腕を動かして周囲を探った。やはり平らな床だ。そう遠くない場所を、複数の足音が行き来している。移動は小刻みで右往左往し、混乱を感じさせた。

「ブラディ・バースは！　呼び出せないか！」

誰かが叫んだ。

クレイリーだ。とすぐに分かった。若い声がそれに応じる。

「コールしてます！　来られるなら来てるはず！」

彼らの声は錯乱こそしていないものの、せっぱ詰まっていた。足音と声、そして地面を伝わってくるのは爆発やその類の震えだった。戦闘だ。

「サンクタムは!?　校長は！」

「同じことですよ！」

「食い止めるにもわたしひとりでは……くそ、ここが死に時か」

芝居がかった言葉だ。が、口ぶりは真剣そのものだった。

「わたしが時間を稼ぐ。無駄にしてくれるなよ。その間に、なんとしてもひとりは呼び出せ。二十年の苦労を無駄にしたくないなら二度と言うな——ええと、なんだったか？ああそうだ。〝来られるなら来てるはず〟か」

皮肉を言い残してクレイリーは立ち去ったようだ。マヨールはようやく目を開けた。やはり床に寝かされている。屋内だ。騎士団の屯所だろう。たくさん並んだテーブルや書類の山から、作戦司令室の類ではないかと思えた。近くにはベイジットとラッツベインが、まだ気絶して倒れている。

（くそっ）

それどころではない気配は感じ取りながらも、マヨールは自分でも子供っぽいと思う悔しさにうめいた。痛む首筋をさすする。新大陸に渡って不覚を取ってばかりだ。最初は不意打ち、今度は油断から。エッジはともかく、あのクレイリーがどれだけ馬鹿げて見えたとしても、教師級の魔術士だというのは忘れるべきではなかった。ことに、今の会話を思い出して評価を改める。

なにか厄介な事件が起こって、とりあえず退避させるためにマヨールを昏倒させたのだろう。恐らくはベイジットやラッツベインも。

（俺たちを守るためにしたんだろうが……）

自分は是が非でもその厄介な事態を見たかったのだ。この新大陸で起こっているなにかを。

また爆発と震動。魔術の爆発だと想像した。クレイリーだろうか？　かなりの威力だ。マヨールは上体を抱え上げるようにして立ち上がった。机の陰から見やる。さっきまでクレイリーに怒鳴られていたのであろう魔術戦士が、きつくまぶたを閉じ、一心にぶつぶつと念じている。呼びかけをしているらしい。ブラディ・バースとやらか、隊長か、魔王を。

（……ネットワーク、か？）

精神現象下ネットワーク。父の説明をマヨールは思い出した。

〝白魔術が存在することによって存在する現象だ〟と彼は語った。〝だから白魔術そのものではないし、必ずしも魔術士でなくとも交感できる。精神性が操られる可能性がある時点で、誰もがそれを使えないのはおかしいという理屈だ。単に、白魔術があるということの証明として存在する現象、とも言える〟

白魔術士が壊滅的なダメージを受けたことから、現在、ネットワークも弱まっているという話だった。それがこの大陸では使えるというのは意外だった――新大陸に白魔術士がいるのか？　聞いたことがない。

マヨールもその扱いの練習はした。が、上達はしなかった。

爆発は続いているものの、建物の中からでは外の様子が分からない。見回すが窓もなかった。地下なのだろうか？　震動の伝わり方を考えると、そんな気もする。と。

「兄ちゃん……」

つぶやく声に、マヨールははっと振り返った。

頭をさすってベイジットが起き上がる。

「あんにゃろ、アタシをぶちやがってさ」

少し朦朧《もうろう》としているらしい。問い質しはしなかったが、彼女の言っているのはクレイリーのことだろう。

マヨールはよろめく妹に手を貸すと、痛む場所はないか訊ねた。

「頭、痛いよ」

というので髪を掻《か》き分けて確かめる。こぶになっていた。まあ、重傷ではないようだ。他に怪我らしい怪我もない。

「兄ちゃんがブッ倒されたから、あたし、なにすんだって言ってやったのよ。アイツ、説明する時間はないとか言いやがって。魔術で、アタシとラッツを気絶させた。頭はその時打ったのかな」

調べるとラッツベインのほうは、こぶすらなかった。すやすやと眠っている。クレイリー教師はこんな時まで校長にごまをすっているんだろうか――と愚にもつかないことを思い浮かべていると、ベイジットが言い出した。

「お兄ちゃん。今になにが起こってるか、分かる?」

滅多には聞かない、弱気な声だ。マヨールは妹を見やった。痛む頭を抱えていつもの勝ち気はなりをひそめ、青ざめている。マヨールはかぶりを振った。

「騎士団が、なにかの襲撃を受けたんだとしか分からないな。なにかが御者に成り済まして――剣が刺さっても死なないし、魔術も防ぐようななにかが。でもドラゴン種族とかじゃあなかった」

「アタシの剣が飛び回ったのは?」

「お前のじゃないだろう。地下室に保管してあったのを持ち出したんだな? なんでそんなことしたんだ」

マヨールが詰問すると、ベイジットはつい口を滑らせたことに、しまったと顔をしかめた。

「校長先生にお土産だよ」

「そんなわけないだろ。お前、ここに来てから様子が変だぞ。校長に興味を持つのもいいが、彼だってただの魔術士だ――」

「兄ちゃんは、アタシがホントーに魔王なんか崇《あが》めてると思ってるわけ？」

呆れ果てたようにベイジットは声を荒らげ、そして、同じように呆れ果てて嘆息した。

「まあ、そう思ってるんだろね。疑いやしないんだから。アタシのこと、企みなんてなんにもないバカだと思ってんでしょ」

また震動。

マヨールが言葉もなく目を見開いていると、妹は顔を近づけ、小声で話を続けた。

「あの校長は嫌いじゃないけどね。いい人だと思うし。でもさ、おかしいと思わないの？　兄ちゃんは」

「そりゃあ、なにかはあると思って来たんだ。だが今のところ」

言いかけたマヨールを制して、ベイジットは拳を振った。

「見つけるまでもないよ！　最初からおかしいんだって。壊滅災害だよ！　新大陸じゃ何度も襲われてる。そのたびに街が滅んだりしてるけど、壊滅してない、いい、いい」

「………………？」

「全滅してないじゃん！　ニューーなんとか！　神人が通り過ぎるまで何か月か疎開した？　たったそれだけっておかしくない？　キエサルヒマに来た女神は三百年も居座ったのに！　それに、ここ十年くらい、いきなり災害の頻度が減ってるじゃん」

「それはそうだけど」

知っていなかったわけではないが、気にしていなかった。

いや、普通そんなことは考慮しない。前例もなにもなく、結果としてたまたまそうだということを疑うのは——他に言い様もないが——馬鹿のすることだ。

ベイジットはその馬鹿なことの達人だ。すっかり夢中になってまくしたてる。

「おかしいって思わない？　なんで減るの。減る理由ないっしょ。アタシはピンと来たよ。あんのよ。魔王には、神人への対抗手段が！　だから怖がって、神人は魔王に近寄らない！」

マヨールはなお疑わしく見つめたが、ベイジットは引き下がらなかった。

「三年前にうちに来た時、アタシさ、あいつってどれくらいのもんなのかなって思って、地下室のお宝見せてやったのよ——ほら、父さんが仕事で集めたモノとか、ぱっと見で分かっちゃうくらいなのかなって。ドラゴン種族の魔術文字はもう起動しないけど、文字は残ってるから構成はおおむね読めるってあいつ言ってた。理論上は再現もできるって。じゃあこれは？　ってアタシ、近いトコにあった剣を渡したわけ。魔王はそれを見て、これはドラゴン種族の物じゃない、力を失ってもいないって言った。アタシ、調べたんだよ。それはオーロラサークル。ケシオン・ヴァンパイアの魔剣だった」

ケシオン・ヴァンパイアが使ったという魔剣の名は広く伝えられている。それはどれだけ破壊されても再生したとも言われ、伝説では立て続けに数百人を殺してなお刃こぼれひとつなかったそうだ。ドラゴン種族、それもミスト・ドラゴンの身体も貫いたとされた。

　ケシオンの封印後にキエサルヒマに残された魔剣にはそんな力はなく、大目に見ても立派な剣だというものでしかなかった。後年には伝説自体が疑問視された。偽物も多く出回っていたが、パッキンガム家で所有していた物は父いわく〝本物であるのは間違いないようだが……〟とのことだった。父が釈然としなかったのはもちろん、それがただの剣でしかなかったということだ。魔術文字もないし、なにかの力を発揮することもない。もちろん、いきなり震えて飛び回るようなこともなかった。

「ケシオン・ヴァンパイアって奇妙でしょ。人間の魔術士だったのに、いきなりドラゴン種族より強くなっちゃったんだって。魔王だってそうだよ！　それまで誰にも知られてなかったのに、突然出てきて女神追っ払っちゃったなんて！　なんか秘密があるんだよ。魔術には、急に、とんでもなく強くなっちゃうようななにかがさ！」

「落ち着けよ、ベイジット」

　自分が考えをまとめる時間が欲しかったのもあって、マヨールは妹の肩を掴んでなだめようとした。が、ベイジットの声は止まらなかった。

「魔王自身が講演で言ってたの。言葉を選んでたけど、アタシは気づいたよ。誘ってるって。禁忌を犯しても力を欲しがる奴はいないかって。それも並外れた力を。神にもなっちゃうような！」

「お前はちょっと短絡すぎ――」

再度、落ち着かせようと言いかけて。

マヨールはふと、それを見た。

なにをきっかけにというわけでもない。それは目立たなかった。こちらに気づかせるような動きもなかったし、きらめいたわけでも、音を立てたわけでもない。空気中の埃《ほこり》を見るようなものだった。目を凝らせば見えないことはない。だがいつもは見ない。

針金か糸のような細さだ。天井から垂れ下がっている。だが蛇の鎌首のように途中で曲がって、鋭い先端をベイジットの首筋に向けていた。

一瞬で、マヨールは視線を上げた。糸は天井の割れ目から入り込んできたようだった。一本ではない。もう一本が同じように、倒れたラッツベインの喉元に狙いを定めている。蛇のように顔があるわけではない。こちらが察したことに向こうも気づいたか。分からなかったが、マヨールはただ直感で察した。

（……気づかれた！）

跳ぶ。

ベイジットを刺そうとしていた糸を掴んで、そのままラッツベインを狙うほうにも手を伸ばす。手触りは鋭く、鋼線を思わせた。手のひらを切り裂かれながら掴み止め、逆に引き寄せようとするのだが、相当な力だ。

すれ違ってベイジットが跳んだのにも気づいていた。両手に力を入れ、踏ん張りながら見やる。彼女も一本の糸を掴んで、押さえつけようとしている。恐らく、マヨールを狙っていた糸があったのだろう。

「兄ちゃん、なんなのこれ、生きてる――」

「離すな！　なんだか分からないが、危険だ！」

糸は逆に束縛から逃れようと、鋭い先端でマヨールの顔を突こうとしてくる。なんとかかわすが長続きはしそうにない。

「光よ！」

糸の出所である天井に、熱線を放つ。

爆発は天井を抉ったが、糸は傷ひとつ受けなかったようだ。そこに本体らしきものもない。ここが地下かもしれないため、崩落を招くほどの威力は出せなかったが、どのみち糸はもっと上から入ってきているのかもしれない。

それにこの三本だけとも限らない。マヨールがそれを思いついた時だった。悲鳴があがった。

「アアアアアアッ！」

魔術戦士だ。

ネットワークに集中していた魔術士が、首の後ろに刺さった糸を掴んで暴れ出す。のたうち回り、口から泡を吐いて奇声をあげた。痙攣《けいれん》して床に倒れようやく動かなくなる。

マヨールは、またふと気づいた。魔術戦士との距離は開いているのに糸が見えている。魔術戦士を襲った糸は太くなっていた。いや、何本も束になって次々と突き刺さっているというべきか。急に、マヨールの掴んでいた糸から力がなくなった。それどころか、掴めないほど細くなって手から抜けていった。ベイジットも取っ組み合っていた相手がいきなりいなくなってきょとんとしている。

代わりに魔術戦士に刺さる糸が増えていった。天井から何本、何百本と。やがて刺さるというより犠牲者の身体を覆うほどにもなった。絡まった毛糸のように。そして天井から全部、ぼとっと落ちて魔術戦士に被さった。

魔術戦士が起き上がった。

糸の塊が、ではない。糸はすっかりなくなっていた。だが魔術戦士の姿もすっかり変わっていた。あの御者の顔かたちになっている。

新しく手に入れた（？）身体に満足するように、御者——だか、なんだか——は両手を見下ろして笑みを浮かべた。

「地獄に——」

ベイジットが叫んだ。

「堕《お》ちな！」

妹が放ったのは衝撃波だった。ベイジットには全力だったろうが、大した威力ではない。それでも人体相手には十分すぎる力が標的に殺到した。衝撃に打たれても御者は倒れなかったが、その瞬間、表皮の半分ほどが剥がれるのが見えた――身体の半分が元の糸になって分解し、すぐにまたもどったのだ。剥がれた一瞬、中にはまだ魔術戦士がいた。

(生きている、かも)

戸惑いが、編みかけた全力の光熱波を取り止《や》めさせた。姿がのぞいた一瞬、魔術戦士は口を動かしていたようだった。その動きが〝助けて〟と言ったようにも思える。もっとも、全部錯覚かもしれない。錯覚でなかったとしても、なにが起こっているのかそもそも分からないのだ。

嘲笑《あざわら》いつつ御者は、テーブルをひょいと片手で持ち上げた。それを力任せに投げつける。ベイジットに。

「ベイジット！」

防御は間に合わなかった。小石でも投げるような素早さだ。木製のテーブルがベイジットに命中し、壁にまで吹き飛ばして砕け散った。ベイジットは為す術《すべ》もなく、ぐったたりと倒れ込んだ。

「この——」

怒りに任せてマヨールは、再度魔術の構成を編み上げた。生半可な術は通じそうにない。意味消滅、疑似空間転移、自壊連鎖、空間爆砕……必殺の術が次々に頭に浮かぶが、選んだのは秘密で組み上げた独自の構成だった。

「枷《かせ》よ！」

空間支配。

収束する術の効果は目には見えない。標的に絞ったのは御者の左腕だった。肘から上腕にかけて空間をよじり、その反動も固定する。こちらに向かってこようとした全身に対して、御者の左腕だけは逆方向へ進もうとして、敵の動きを封じ込んだ。がくんと半身を引っ張られ、御者は違和感に笑みを消した。これで左腕を切り落としでもしなければ、奴はその場から動けない——

御者は構わずに左腕をその場に残して前進してきた。

「…………!?」

マヨールは呆気に取られた。御者は肩を一振りしただけで、引っかかった上着でも脱ぐように左腕を引きちぎった。覆っている糸も、中身の腕もだ。血が飛び散っているが気にした様子もない。

「光よ！」

今度こそなりふり構わず熱波を放つ。だが光が貫く場所から御者は消えた。速すぎる。熱と衝撃が渦巻く中、マヨールは敵を探して左右を見やった。いない。

跳ぶ――前方、さっきまで敵のいた場所に。とにかくそこにいないことだけは分かっているのだから。恐らく死角から迫っているのであろう敵を牽制《けんせい》するため、マヨールは後方に術を展開した。

「怒りよ！」

同じく空間支配だ。だがさっきよりは曖昧な制御で、空間を不安定にねじったままその場に残した。数秒は持続する、ある種の罠《わな》だ。ねじりのためにその場にはエネルギーが留《とど》められている。空間爆砕では反動による爆発力として利用されるエネルギーだ。踏み入れた物体を、伝導も無視して容易《たやす》く破壊してしまう。力を無駄なく使うための工夫だが、難点としては、無駄なく使うということは無駄なく狙わなければならないということだ。敵のほうから踏み込んでもらわないとならない。

だが敵は追いかけてきていない。

魔術の効果は消えた。そう長く続けられないのも、この術の欠点だ。

緊張状態からあがってきた息をなだめながら、マヨールはあたりを見回した――上下左右まで。度重なる魔術で室内は破壊され、机もなにも転がり放題だが、どの物陰にも敵らしい姿はない。部屋の中央にいるマヨール、壁際で倒れているベイジット、寝たままのラッツベインだけだ。入り口から出て行ったクレイリーは帰ってこない。もう死んだのだろうか？　だからあの敵がここに入って来たのだろうか。論理的に考えればそうなる。

（敵の狙いは、なんだって言っていた？）

思い出せない。とにかく、聞いたことのない言葉だった。そうだ。魔王術のナントカ。石碑？　そんなことを言っていた。神人対抗措置執行判定……それは聞いたことがある。公式の役割だ。魔王はその優先票を持っている。行動に制限の課せられている騎士団に緊急の行動を取らせる権能で、それは神人の襲来の際に限定され──

（神人⁉）

はっとする。まさか、今戦っている相手は神人なのか？

冗談にもならない。勝てるわけがない。

ぞっとして視線を落とした。そして敵がどこに隠れているかを知った。

糸の束がべったりと、床に敷かれていた。粗末な敷物のように。マヨールはその上に立っていた。

叫んで、跳び退く。糸は一斉に起き上がって追いかけてきた。糸が床から離れると、その下敷きになっていた魔術戦士が──平面になるほど完全に潰された魔術戦士の死体が見えた。瞬時に人体をここまで押しつぶす力を出せるなら、先ほどの腕を千切るような芸当も簡単だろう。

　無惨過ぎる死体の姿に吐き気を催しながら、マヨールはなんでもいいから武器にできるものを求めて手を伸ばした。糸は新たな身体を求めてか、マヨールに向かってくる。動揺のせいで構成がまったく安定しない。相手が神人なら、魔術でどうこうできる相手ではない。神人に狙われたドラゴン種族は滅亡を先延ばしするためにキエサルヒマ結界を作った。全ドラゴン種族が最盛期のすべてを注ぎ込んでも、結局は負けて滅亡した。

（その敵の前で、俺はなにを探してる？）

　椅子か、机の脚か、棒きれかなにかだ。

　笑ってしまう。滑稽どころの話ではない。それでも恐怖に引きつる指は棒状のなにかを掴んだ。引っ張り上げて、糸の群れに叩きつける。

　剣は糸を簡単に斬り払った。それだけではない。斬られた糸は塵《ちり》と化して消えてしまった。

「…………」

　今度こそ自分の頭がおかしくなったんだ、とマヨールはその場に立ち尽くした。

　手にしたオーロラサークルを見下ろして、それが現実の物体だと納得できるまでたっぷり一分間はかかった。剣は熱を発し、胎動のようなものを感じさせる――剣の中からなにかが動いているのが分かるのだが、持ち手の邪魔とは感じさせない。生命殺しの魔剣。不滅の必殺武器。あるいは、偽物だらけの危険な骨董品。様々な名、様々な伝説で知られている。ケシオン・ヴァンパイアの剣。

（さっきまでは絶対なかった。この部屋には）

マヨールはうめいた。いや、これだけ散らかっているのなら見落としたことはあり得るか？　わけが分からない。

落ち着いてくると、自分の為すべきことを思い出せた。糸はもういない。それでも剣は手放せず、後ろ手に引きずるようにしてマヨールは妹に駆け寄った。怪我をしているが、魔術で治すほどではない。起きてから自分でさせたほうが良いだろう。ラッツベインはこれだけの騒ぎの中、無傷だ。

魔術戦士は、明らかにどうにもならないほど即死だった。苦い唾を呑んで、マヨールは絵のように潰された遺体に被せる布でもないかと部屋を探した。奥に、大きな塊を覆っている黒い布を見つけた。騎士団の印がついている。よく魔王の印と混同される紋章だ。仮面を貫く剣の紋章。

布は上質だったが、殉職者に使うのだから構わないだろう——と、マヨールはその布を取り去って死体の上に被せた。ちぎれた腕も探して、一緒にしておく。簡単に黙祷《もくとう》してからようやく振り向いた。この布がなににかけてあったのか。それを目にした。

石で出来た記念碑のように見えた。黒曜石？　石のことには詳しくないが、やはり上等な物に見える。形状は自然石のままではなかった。直方体だ。

（いや……そもそも自然石じゃあ、ない？）

触れてみてマヨールはそう思った。手触りは滑らかで硬い。重さも相当だ。奇妙に感じたのはその石が、剣と同様の熱を感じさせたことだ。この部屋で魔術を使ったからその熱かもしれないが。

石には文字が刻まれている。石自体がかなり大きいが、その表面の半分ほどが文字で埋められていた。数字と場所、名前という順番だ。数字は日付と時間だった。一番上が最初だろう。十九年前だった。ニューサイト。デグラジウスの僕《しもべ》、神人信仰者ゲイム・ベルエッタ・ヴァンパイア。オーフェン・フィンランディにより消去される。

「なんだ……？」

続きを読む。

すぐ下は数日後だった。やはり同じくニューサイト。デグラジウスの僕、神人信仰者カサル・ヴァンパイア。オーフェン・フィンランディにより消去される。

似たような記述が続いた。場所は時折変わったが、とにかくヴァンパイアを校長が封印したという内容は同じだ。海上ということもあった。スクルド号船上だ。

日付が進んで、キエサルヒマからの〝遅れてきた開拓団〟が来てからは校長とは違う名前も見られるようになった。クレイリーの名前もある。エド・サンクタムも。あとは知らない名前も並んでいた。

その中で、この記述が目に留まった。

十六年前だ。場所はニューサイト。神人種族デグラジウス。オーフェン・フィンランディにより消去される。

めまいがした。そして本当の震動がなおもまだ続き、あたりを震わせているのにも気づいた。

(戦闘が続いている?)

はっとして入り口から外を見やる。廊下は無人だった。やはり地下だったようだ。暗い通路の先に上り階段が見える。

ベイジットらを残していくのは気がかりだったものの、連れて行くのが良いとも思えない。あの部屋が一番安全だと信じてマヨールは廊下に出た。進んでいく。すぐに地上に出られると思っていたのだが階段の上は頑丈そうな扉だった。わずかに開いている。隙間から先をのぞくと、そこは詰め所か、検問所のようになっていた。兵士が待機して見張る部屋だ。

守備していたのは当然、この扉と奥の司令室、あるいはあの石碑なのだろうが。今は誰も残っていなかった。長テーブルと椅子がひっくり返って散乱している。倒れたポットからコーヒーの香りが漂っていた。仮眠用か、ベッドもある。武器庫もあったが中身は空っぽだった。

「う……」

うめき声が聞こえた。

扉の陰に人の頭を見つけて、マヨールは声をあげた。

「誰だ？」

一応、いつでも構えられる位置まで剣を引き寄せる。だが答えてきたのは知っている声だった。

「わたし……だよ。クレイリーだ。君はマヨールか」

「は、はい」

声は痛みに耐えて掠《かす》れていた。見るとクレイリー教師はぐったりと床に座り込み、壁にもたれている。左手で肩を押さえていた。近寄ると、出血で立ち上る生臭さがこぼれたコーヒーに負けじと鼻腔《びくう》を刺激した。

「大丈夫ですか？」

訊くのも馬鹿馬鹿しい重傷だ。が、クレイリーは首を振ってマヨールの助力を拒んだ。

「治療は自分でできる。しばらくは動けないが……それより、敵に突破された。一体だけだが。君は無事だったのか？　アムサスが対処したのか？」

アムサスとは、あの魔術戦士のことだろうか。察しをつけてマヨールは否定した。

「いえ。あの部屋にいた魔術戦士は亡くなりました。敵は……よく分からないですが、俺が……倒したみたいです」

「君が？　まさか」

クレイリーは怪訝《けげん》な顔をしてみせた。

その反応にカチンと来るほどの余裕はまだなかったが。マヨールはそれでも事実だけを繰り返した。

「あの相手がなんだったのかは分かりませんが、俺がこの剣を使ったら消えてしまったんです」

と、剣を見せる。がやはりクレイリーの反応は変わらない。

「剣でどうにかできる相手じゃない」

「答えてください。馬鹿なことを言っているかもしれませんが……あれは神人種族ですか？」

真剣に相手を見据えて、マヨールは訊いた。

クレイリーは一顧だにせず即答した。

「違う。あれはヴァンパイアだ」

「……え？」

「巨人化した人間だよ……島の魔術士はそんなこともまだ知らないのか。まあいい。君はここにいろ。わたしは、行く」

身を起こしたクレイリーは治療を終えていた。完全にではないだろうが傷はふさがり、動ける程度には回復したらしい。

彼は奥に向かって——つまりはマヨールの話を信じずに状況を確認しようとあの作戦室にもどろうとして、振り返って念を押した。

「いいな。絶対にここから動くな」

「俺も援護に——」

「いや、いい」

きっぱりとクレイリーは拒否した。

（……なんでだ？）

マヨールは訝った。クレイリーは負傷している。断るのは合理的ではない。

だが教師は議論も続けずにさっさと通路をもどっていった。

〝島の魔術士はそんなこともまだ知らないのか〟

声が蘇る。が、その落胆と裏腹にあの男はなにかを隠そうとしている。

足下が揺れた。爆発だ。震動は頭上から伝わってくる。ここはまだ地下らしい。外では戦闘が続いている。

（だが、なにとなにの？）

魔術戦士とヴァンパイア？

（俺の術はほとんど通じなかった）

完璧とは言わないが、対処にミスがあったとも思えない。だが通じなかった。

（魔術戦士は違うのか？）

なにが違う？

剣を見下ろす。オーロラサークルは今や大人しくしている。

考えたのは数秒だった。迷ったのは結局、ここにとどまるか否かではない。外に行くかクレイリーを追うか、どちらかだけだった。

クレイリーを追ったところで、もうあの作戦室に敵がいないのなら秘密を探れる望みは薄いだろう。マヨールは外を選んだ。風が吹いている。扉を、通路を抜け、階段を見つけて駆け上がる。

階段を登ると外気を感じた。というのも、階段はそのまま屋外に通じていたからだ――本来その上にあった建物が消し飛んでいたために。

出口から顔を出して真っ先に嗅ぎ取ったのは、煙の臭いだった。魔術の炎が建物の残骸を、周辺の森を、地面の土をも灼いている。ばちばちと爆《は》ぜる音。熱気。莫大《ばくだい》な熱量が標的に向かって集束していく独特の気配。

「我は放つ光の白刃！」

その声が聞こえ、マヨールは立ちすくんだ。

構成が空間を埋め尽くすのが見えた。構成を追って術者の姿を探す。後ろ姿を見つけた。黒い教員用のローブ。

(せいぜい、教師級の魔術士でしかない……?)

刹那《せつな》、思い浮かんだのは自分の言葉だった。

マヨールは最優秀の生徒のひとりとして、同様の学生が持つ気概を共有している。

つまり教師とはいっても自分より幾分か経験に勝って訓練量も多いというだけで、根源的な素質においては自分だって負けていないという自覚だ。

自惚《うぬぼ》れではない。事実だ。そうした教師らに敬意を払うからこそそれを自覚し、彼ら以上のものを目指す。そう考えてきた。

それはともかくとして現時点では、まったく手がとどかないという教師は当然いる

——イザベラ教師もそうだし、プルートー教師もだ。両親も。

だが彼らの技を目にしても、それがまったく理解できないなどということはない。

今見た構成の緻密さは一段以上違うものだった。速いだけではない。絞り込んで余裕を持たせた隙間にも別の構成を埋め込み、その密度は尋常ではない。これを個人でやっているというのは信じがたい。癖としては、校庭で見たラッツベインの構成に似たものはあった。だが彼女の構成などは、これに比べれば児戯もいいところだ。

構成が世界を書き換える。術者がかざした手の先から光が放たれた。あたりで渦巻く熱気を揺さぶり、光熱波が轟《とどろ》いた。先ほどからの爆発の連続は、間違いない、これがもたらしたものだ。光は一直線ではなく、ジグザグに複雑な軌跡を描いた。そのような奇抜な制御を行ったのは標的がひとりではなかったからだ。

その術者に殺到しようとしていたのは、数十体にもなる〝御者〟だった。全員同じ顔だ。光はそれらを同時に打ちのめした。

だが結果は、ベイジットがそうした時と変わらない。熱を受けて糸が分解すると、中にはやはり人間が囚《とら》われている。魔術戦士たちだ。糸は弾けてもすぐまた元にもどろうとするが。

「我が腕に入れよ子ら！」

別の場所から声がした。

魔術が完成すると、糸が再び魔術戦士らを取り込もうとするより早く、犠牲者の身体が引きずり出され、宙に飛んだ。何十体もの身体が引き寄せられて、第二の術者の元に飛んでいく。

そちらの魔術士はローブ姿ではなかった。魔術戦士らと同じ、戦闘用の軽装だ。そう遠くない位置にいたというのにそれまで気配を感じられなかったことに、マヨールは悪寒を覚えた。その魔術士はマヨールに気づいて、ちらりと顔をこちらに向けた。唇に傷痕のある、暗い目をした男だ。

だがすぐに視線を転じて、さっきの術者のほうを見やった。冷や汗に震えながらマヨールもそちらを見た。あたりはまだ熱波のおかげで大気が荒れ狂っている。だが身体は寒い。ぞっとしながら魔王の姿を――

いや。

マヨールは目をぱちくりとした。学校のローブから、そこにいるのは校長だとばかり思っていたのだが、違う人物だった。彼は肩でも凝ったように首を振りつつ、次の術に備えて集中している。校長ではない。金髪だし、背格好も違う。

中身を奪われた糸の群れは、一斉に移動して集結し始めた。絡まり、嵩《かさ》を増して積み上がる。見上げるほどの大きさだ。形は不定形だがドラゴンを模したようでもある。頭、翼、尻尾《しっぽ》。ただ不定形のものがうねれば大抵はそう見えるだけかもしれないが。

呆然とマヨールは頭を巡らせ、そしてさらにひとりの術者が視界に入って、我に返った。

それは紛れもなく魔王オーフェン・フィンランディだった。

糸の集合体と相対するように、じっと立ち尽くしている。中空を睨んで忘我しているようでもあったが、集中していた。無防備な校長に糸は攻撃しようとするのだが、そのたびに先ほどの術者や、救出された中で軽傷だった魔術戦士が魔術を放ち、敵を牽制している。

(校長を守ろうとしている)

そういう配置だと見て取った。

だが腑には落ちなかった。守られている校長がなにをしているのかと言えば、魔術の構成を編んでいるのだが、これがまったく意味を成さないでたらめなものだった。規模が大きいだけで、先ほどの見事な術に比べるどころかそれ以前の無意味さだ。しかも校長はそんなものにやたらと長大な時間をかけている。集中力は大したものだが……

と。

「マヨールか」

声をかけられて、心臓が飛び跳ねた。魔術戦士だ。傷痕のある唇をほとんど動かさないようなぼそぼそした声で言ってきた。

やはり気配を感じられなかった。目の前に立っている今ですら、どこか怪しい感じがする。息を呑んでマヨールはうなずいた。

魔術戦士はこう言った。

「うざい顔だ」

何故かイザベラ教師と同じことを言って、マヨールの首を掴むと階段の下まで転げ落とした。マヨールは起き上がろうとしたが、頭上から落下してくるがれきに押しもどさ

れた。

あの魔術戦士が通路を崩して埋めたのだ。

「なんて……無茶を」

毒づいて、マヨールは真っ暗闇の中でたたらを踏んだ。魔術で灯明を作る。出口は完全に封じられていた。

魔術があれば掘り起こすのは難しくないだろうが。

派手に土砂を吹き飛ばしてあの場にもどるということに、マヨールは躊躇《ちゅうちょ》した。あの糸の群れ――ヴァンパイア？　あれが？――はもとより、魔術戦士や魔王の姿を思い返し、身構えた手の中から構成が霧散する。今、この上でまさに知らねばならないことが行われているのは疑いない。だが魔王がそれを隠したがっているのなら、それを見にもどることはあの場にいるすべての魔術戦士と戦うことを意味するかもしれないと。

「兄ちゃん！」

駆け寄ってくる人影に向き直って、マヨールは声をあげた。

「ベイジット」

状況が状況ではあるが、ほっとする。ベイジットは無事で、その後ろにはラッツベインとクレイリー教師も続いていた。

「どうしたんだ、これは……崩れたのか」

クレイリーは階段の先を指さして言った。マヨールは聞こえよがしにため息をついた。

「上にいる魔術戦士が、俺を突き落として崩したんです」

「君の安全を確保するためだ」

気で圧したつもりが逆にクレイリーに気圧《けお》された。教師はじろりと視線を強め、

「あの場に留まれと言ったはずだ。どうして警告を無視した」

「それは——」

「君には信じがたいかもしれないがな、ここはキエサルヒマ島とは違う。君の勝手な行動が余計な犠牲を出したかもしれない。壊滅災害はいつだって起こり得るし、それは容易に我々を全滅させるんだ！」

「ここに来る時に言っていたことと違いますね」

ぴしゃりと、マヨールは逆に噛みついた。

「あなたは、魔術戦士なんていうのは名誉職だと言っていた。どうしてもなにかを隠したいらしいというのは分かりましたが、それはなんなんです？　ヴァンパイアがどうたらいう嘘までついて」

睨まれて、クレイリーは黙り込んだ。ラッツベインやベイジットを見てから、つぶやく。

「ヴァンパイアや壊滅災害は秘密でもなんでもない。ラッツベインだって知っている。というよりヴァンパイア化はキエサルヒマでも起こった現象だ。すっかり迷信扱いになっているだけでね。そしてここ数年、過去に比べれば大規模な災害に見舞われていないこともただの事実だ。今日ここでこんなことになると分かっていれば、わたしはもっと違うことを話していただろう。魔術戦士の重要性とか勇ましいことをね。わたし自身気が緩んでいたかもしれないが、それだけのことだよ」

「…………」

沈黙を噛み締めて、マヨールはラッツベインが不思議そうに自分を見ているのを確認した。何故マヨールが怒っているのか分からないという様子だ。

ベイジットは神妙にしている。妹が気にしているのがなにか、マヨールは忘れかけていた剣のことを思い出した。まだ手に持っている。落とさなかったのは奇妙だが。

剣を手に、マヨールは訊ねた。

「では今日ここで起こったのは壊滅災害なんですか」

「小規模のね。ヴァンパイアは神人種族によって放たれた魔獣だという話を聞いたことがあるだろう。まあ、そういうことなんだよ。神人信仰者はいくつかの方法でヴァンパイア化する。騎士団は壊滅災害に対処するために組織されている。この件で、君が今まで聞いたことのない事実はあるか？　隠しているなどと言われるのは不本意だ」

「…………」

おかしい。とは思うのだが、反論の材料がない。

マヨールは身体を翻すと、崩れた出口に手のひらを向けた。叫ぶ。

「光よ！」

魔術ががれきを吹き飛ばし、外への通路を開いた。クレイリーの制止を無視してマヨールは駆け出した。外には。

なにもなかった。

破壊の跡は変わらない。駐屯地は壊滅していた。焼け跡に魔術戦士たちが倒れ、傷の浅い者が仲間を介抱に回っている。あの唇に傷痕のある魔術戦士が隊員に指示を飛ばしていた――察するに彼が隊長のエド・サンクタムなのだろう。

それだけだった。なにもかも終わっている。敵はどこにもいなかった。敵……

（……え？）

どんな敵だったか思い出せない。どんな形状の、どんな敵がいたのか。

ここにいたのは覚えている。校長が対峙《たいじ》していたのも。

その校長の姿もない。もうひとりの教師ローブの術者もいなかった。

ぽかんと口を開けたままマヨールは風に吹かれた。残骸の上を吹く、涼やかな風だった。

「ヴァンパイアっていうのは……だから……こう、関節の逆方向気味に人がグネって、こわーい感じになっちゃう、アレですよう」

「精神化《ゴーストライズ》の対になる現象だと思われてるわ」

〝グネる〟様子を一心に手で表現しようとするラッツベインの横から、冷たい眼差しでエッジが補足した。

「いわば肉体化、巨人化《ヴァンパイアライズ》ね。軽度であれば身体的に強化される程度。といってもそれだけで人間の限界はとうに超えてるんだけど。問題はその現象には際限がなくて、そこに留まらなければ化け物のような姿になってしまう。そうなると正気を保つことは難しい」

その日の夜、また魔王の家にて——マヨールは当然、問い質すつもりで臨んだ。が彼がなにを言うよりも先に校長が謝罪したのだ。マヨールとベイジットを危険にさらしたことについて。

それで気勢を削《そ》がれたマヨールではあったものの、質問は続けた。ヴァンパイアという存在について、魔王の三姉妹の反応は意外に淡泊なものだった。ラッツベインは、なんでそんなことも知らないのかという目でマヨールを見たし、エッジは案の定、鼻で笑った。ラチェットはといえば犬を構って遊びながら、わたしも知らなーいと発言してべイジットを得意にさせたので、エッジに叩かれた。

　校長はそんな娘たちを呆れたように眺めつつ、こう言った。

「厄介な現象でね。化け物と簡単に言っても、どういう変化が現れるかは個体によってまったく異なる。出現の予測がつかないばかりか、彼らはしばしば悪意的に潜伏するから対処が難しい。ただひとつの救いどころは、巨人化が進めば進むほど、彼らは知能を失い仲間意識を持たなくなる。凶暴性も増すがね。泣きどころは、そうなった者はもう抹殺する以外にない」

「キエサルヒマにはそんな現象はない。こちら特有のものなんですか？」

　ソファーから身を乗り出してマヨールが訊くと、校長は予測していたように片眉を上げた。

「あるんだよ。ヴァンパイアはキエサルヒマにもいる。ただ、軽度で済んでるんだ。俺も若い頃、知らずに遭遇したことあるんだが……そいつは山奥に隠遁《いんとん》して、結婚して子供も産んでた。まあそんな具合に目立たず暮らしてるし、ケシオン・ヴァンパイア以降、それほどの強度に至った者はいないようだ」

「その差はどうして？」

「神人種族だ。今のところキエサルヒマには出現していない――女神を最後にな。が、こちらでは少なくとも三人の神人種族と遭遇して、そのうちふたりは明確に敵意を持って攻撃してきた。神人種族は人間を巨人化できるんだ」

と校長は、ラチェット（と犬）が話に飽きてソファーの隣によじ登ってきたので、娘を膝に座らせた。犬はぴょんと跳び上がって校長の肩にもたれた――大型犬にのしかかられて校長は傾いたが、それを反対側からラッツベインが押し返して元にもどった。

慣れたことなのか、校長は構いもせずに話を続けた。

「その力を欲して神人信仰者が存在する。まあ、開拓団はもともとキムラック教徒だからな。開拓初期から、女神への忠誠を誓う一派は常にあった。多くはカーロッタ派と言われているが……実のところは、そんな派閥やら出自やらに関係なく、巨人化を欲する層はどこにでもいるんだ。魔術士にだっている」

最後の一言とともに、校長がベイジットに目配せしたように見えた。その視線で、呑気にお茶を飲んでいたベイジットがむせて咳《せ》き込む。彼は最初からベイジットの狙いなど見抜いていたのだろうと、それで分かった。

ゲホゲホと騒ぐ妹を後目《しりめ》に、マヨールは口を開いた。

「魔術戦士はヴァンパイアと戦う訓練を受けているわけですか。それで、ぼくらはその戦闘の場に居合わせた」

「そういうことだ」

「校長先生もおられましたよね？」

マヨールは切り札を突きつけるつもりで、言った。

だが校長は肩を竦めるだけだった。

「ああ。というより魔術戦士のほとんど全員が招集された。あの強度は滅多にないからな」

あの場で自分が見たものについて言うべきかどうか。マヨールはひとまず棚上げした。別の方向から探る。

「残念ながら、ぼくはまったく役立てませんでした」

「君は魔術戦士じゃないし、客人だ。数には数えんさ」

「命拾いしたのは、妹が持ってきた剣のおかげです。クレイリー教師にはお話ししましたが」

「ああ、聞いてるよ。彼は信じてなかったが」

「あれはオーロラサークル。ケシオン・ヴァンパイアの魔剣です。魔術も通じなかったような相手を簡単に破壊しました。そんな力があるなんて知らなかった……あの局面で突然、力を発揮したんです。奇妙だと思いませんか？」

「どうかな。奇妙には思うが――」

校長は娘と犬を床に追い払って伸びをした。

「奇妙に思うことなんて毎日のように起こる。うちの学生食堂の人気メニューはカニのパイなんだそうだが、食べてる生徒を見たことがない。気になって訊いてみたら、事実、誰も食べてないらしい。じゃあなんで人気メニューなのかっていうと、『人気メニューは?』と訊かれて答えたら『ああ、それは食ったことがある』と言われるんじゃ商売にならないでしょう、だとさ。なにより奇妙なのは、その話を聞いた時、つい納得してしまったことかな」

そう言って校長は、今日は疲れたからもう寝るよ、と寝室に上がっていった。

離れに帰っても、夜中過ぎまで考え事をして過ごした。疲れてはいるが眠れない。今日見た様々なものが頭から離れなかった。クレイリー教師の、校長室そっくりの部屋。飛び回る魔剣。無惨に死んだ魔術戦士。あの石碑。娘を抱えた魔王。ヴァンパイアの姿以外のすべてが思い出せる。

(不自然だ)

思い出せないこともそうだが。妹の語ったことにも一理ある。壊滅災害それ自体がおかしい。

(ここの魔術戦士たち——あるいは校長だけに特別な力があって、それが神人種族すら退けるものなんだとしたら)

〝スウェーデンボリーに学べ!〟

《塔》のあちこちに貼られた手書きのビラが記憶に重なる。あれはただの標語や麻疹では済まないかもしれない。

（極端な話、校長はひとりでキエサルヒマを征服できるのか？）

そんなものが個人として存在するのは許されない。

窓の外に気配を感じた。

というより、足音だ。母屋の玄関から誰かが出てきた。マヨールは窓を開けてのぞいた。エッジ・フィンランディは離れから客が顔を出したことに気づいて、こちらを見た――嫌そうに顔をしかめたが、無視はしなかった。おざなりに手を振って挨拶すると庭を横切って出て行こうとしている。

その表情を見て、マヨールはほとんど反射的に声を出していた。

「家出？」

「……なんで？」

聞き咎めてエッジが足を止めた。ちょうど窓の外だ。

顔を見合わせるような格好になって、マヨールはつぶやいた。

「いや、なんか、すごく怒ってるように見えて」

「いっつもそう言われる」

そう言って、エッジは嘆息した。

おかげで少し肩の力を抜いたようだ。月がもう少し明るければ微笑したようにも見えたかもしれない。彼女は表を指さして説明した。

「秘密の構成を試してみたい時の、わたしだけの練習場所があるの」

「俺も付き合っていいかな」

マヨールが言うと、彼女はまた顔を険しくした――その眼差しを翻訳すれば、こうだ。

〝秘密って言葉の意味分かってる？〟

もちろん分かってはいたが、マヨールは弁解した。

「俺も自分で工夫した構成は先生にも内緒にしてる。驚かせたいし、いざって時に点を稼ぎたくてね。でも自分で気づいてない無駄や欠陥があるかもっていつも不安になる。俺たちは今それを見せ合って互いに助言をしたとしても、俺はキエサルヒマに帰るし君はキエサルヒマに来ることはないんだろうから……」

「おおむね秘密は守られる。そうね。悪くないかも」

彼女は言葉を継いで、うなずいた。

マヨールは上着を羽織ると部屋から出た。エッジは自分の家のほうを眺めながら待っていた。

彼女の言う秘密の練習場は、家から少し離れた森の中にあった。道からはそう離れていないがちょっとした窪地《くぼち》で、目につかないようになっている。かつてはツリーハウスだったのかもしれない廃材を積んで、座れるようになっていた。思うにここは幼少の頃から彼女の隠れ家だったのだろう。

場所に着くまでは無言だった。エッジは窪地の真ん中に残った水たまりに術を投げかけ乾かすと、そこに立った。合図もなく彼女は構成を始めた。複雑な構成だ。口元が動いている。

廃材に腰掛けていたマヨールは、突然足をすくわれてひっくり返った。びっくりしながら起き上がって、訊く。

「今、音声なしで術を？」

それは白魔術の領域だ。だがエッジはかぶりを振った。

「違う。現象相殺術ってわたしは呼んでる。術を使うのと同時に、音声や術の可視部分を打ち消す別の構成を織り込むの。もっと慣れればほぼ痕跡なしに必要最小限の効果だけを起こせると思う。魔術士相手だと構成は絶対に見えてしまうし、呪文もほとんどは消せても完全には無理だから、警戒してれば聞こえてしまうんだけど……」

「いやあ、十分に使いどころはあるよ。構成を二段階に分ける手は知ってる？　組み合わせれば使いやすくなると思う。アンデスっていけ好かない奴の得意手だけどね」

本来は悪い癖として矯正される類の変形構成だが、エッジは器用にそれを再現してみせた。年齢を考えると彼女の制御力は相当のものだ——強いだけではなく自在だ。自分よりも上かもしれない、とマヨールは認めた。実際、彼の空間支配を見せるとエッジは構成の隙を六箇所も即座に挙げてみせた。マヨールがただ気づかなかっただけではない、指摘されてもその通りにはできないレベルの厳格さで。

それでも隙をひとつ詰めるだけで術の自由度が上がることにマヨールは歓声をあげた。長らく感じていた壁だったのだ。

「これで——一歩——近づいた——完成にね！」

人間大の空間に造り出した迷路から出入りし、エッジの上下左右に次々と転移しながら、マヨールは叫んだ。

「完成形は？」

上下左右に視線で追いかけて、エッジが訊いてくる。

およそ数秒で術が解け、マヨールは真っ逆さまに地面に投げ出された。が、構いもせず倒れたままマヨールは告げた。

「空間の完全支配だよ！　術の効果が及ぶ範囲全部、自分の都合の良い結果だけを選別して、変形する！　万能の術だ！」

エッジはやや皮肉な笑みを浮かべたが、口に出してはこなかった——もちろんそんな術は到底まだまだ手がとどかない。現実的には永遠に不可能だろう。だが、とにかくエッジはそれを言わないでいてくれた。精根尽きて寝ころんだままのマヨールに手を貸して、引き起こしてもくれた。

月の位置がだいぶ変わっていた。マヨールがまた廃材に腰掛けると、エッジも横に座り込んだ。結構な時間をここで過ごしたようだ。疲労のせいもあるが眠気を感じて、マヨールはあくびした。

エッジは月を見上げていた。明るいラッツベインに比べると、彼女は夜のほうが居心地良さそうだった。ふと、マヨールは気づいた。三人の娘たちは、異なった魔王の顔をそれぞれ支えているようでもある。疑いなく明朗な校長の顔と、なにか不穏な秘密を抱えた魔王の顔、あとは家でくつろぐ父親の顔。

「父親に不満は？」

唐突にマヨールが訊くと、驚いてエッジは目をぱちくりとした――おかげで瞳が大きく見えた。姉とよく似た表情だった。

「あるわよ。もちろん。家族だもの」

と、肩をすくめる。

「あのカニのパイの話。何年も前からことあるごとに言ってる。聞かされるほうはうんざり」

マヨールは笑った。

「俺もある。父さんは、俺がここでどんな思いをするのか分かってたんだ。なのに心の準備をさせなかった。憎たらしいよ」

そして付け加えた。

「あとまあ、たまには母さんを黙らせてみろよ、とも思うかな」

「それはうちもね」

多少は垣根が低くなったのを感じて、マヨールは話を続けた。

「戦闘の場で彼を見て、思ったよ。魔王と呼ばれるのも分かるって。彼はなにもしてなかったけど……戦い慣れた部下を持ってる。人数は少ないけど、ここの魔術士たちは《塔》よりレベルが上だ。お世辞じゃなくてね」

「半分はお世辞ね」

「いや、本当に――」

言ったのだが、エッジはさっと手を振って話を制した。こんなところも魔術の癖と同じ、素早く合理的だった。

「あなたが言っているのはここの魔術士じゃない。魔術戦士よ」

確かに、そうではある。マヨールは訊ねた。

「君は魔術戦士を目指してる？」

彼女はうなずいた。

「ええ。モグリの姉とは違うの。わたしは自分の能力を伸ばして役立てたい」

「父親の後を継いで、魔王と呼ばれるくらいに？」

「………………」

　エッジは沈黙した。

　唇が動くのは見えた。声に出さないなにかをなぞるように。それはこう言ったかに見えた。なにを継げば魔王になるの……？

「知らないの。娘のわたしたちも」

　急に話を変えたのは、今度はエッジのほうだった。

「父さんのなにが凄いのか知らないの。そりゃあ強い魔術士よ——今でも、誰より強いかもしれない。でも化け物じゃないんだから百人力でもないでしょう。なのに」

　と、いったんは止めようとしてか言葉を呑んだ。しかし話したくないのではなく、適切な言い方が思いつかなかったらしい。しばらく考えて再開した。

「魔術戦士は全員、父さんを恐れてる。心底ね。まるで本物の魔王みたいに。みんな父さんを嫌ってはいないけれど、間近で見てると感じるの。怖がってるって」

　彼女は向き直って、胸に手を置いた。

「わたしが魔王の娘を名乗るとね、同年代の魔術士は、ああまたかって顔をする。馬鹿にはされるけど、わたしは構わないし、そんなのねじ伏せてやる。でも教師や騎士団の反応は違う。聞いてないふりをするのよ。プルートー師の話を覚えてる？　正しいと思った。彼はなにかを知ってるのかもね」

「プルートー教師は確実になにかを知ってる。俺の父親もだ。校長についてなにか知ってるのは間違いないけれど……でもなにか、掴みきれないものがあって、やっぱり恐れてるんだ。新大陸の魔王を」

「かもね。きっと……」

つい口走った新大陸という言葉を、エッジは訂正しなかった。

彼女は存外、優しい娘かもしれない。マヨールはそんなことを思った——無邪気なラッツベインよりもむしろ、優しい娘かも。

目を伏せて、小さく、彼女はつぶやいた。

「たまに思うの。父さんは孤独なんじゃないかって」

「……だから君は、もめ事を起こして気を引こうとしてる?」

「わたしの分析はやめて」

エッジは少し口を尖らせた。

「父さんの話をしてるのよ。父さんはもちろん、わたしに説教するわよ。調子に乗るなって。魔術士は人間を超えないし、特別なものでもない、その限界はなによりありがたいものなんだってね。でもそう言っている父さんが、つらそうに見えることがあるの」

「………」

魔王たる孤独、か。

マヨールは思い浮かんだが、口には出さなかった。

◆◇◆◇◆

「間違いない。魔王の正体はヴァンパイア」

木の陰からその話を聞いて、ベイジットはつぶやいた。

「オーフェン・フィンランディ・ヴァンパイアってとこね。ケシオン・ヴァンパイアと同じで聖域を破壊して——今度は負けなかった」

独り言ではない。ベイジットは抱えている剣に小声で話しかけていた。オーロラサークルに。

向こうで魔王の娘と腰掛けて話している兄を観察する。こんな時間だが、あの兄のことだから気の利いた目的で女の子を森に連れ出すわけじゃないのは分かっていた。こっそりつけてみれば、やっぱりだ。魔王の話だった。あの駐屯地での出来事は、不覚にもほとんど気絶していたためベイジットはなにも見ていないに等しい。ことに、どんなものに襲撃されたのか思い出せないとあっては。

兄の主張する魔剣の働きに関しては、ベイジットは信じた。というより、兄よりももっと信じた。ベイジットの見立てはこうだ。これはヴァンパイアの魔剣。ヴァンパイアに反応して力を発揮した。恐らく、ヴァンパイアならさらに上手く使えるのだろう。人間はヴァンパイア化して桁外れに強くなる。魔術士をぶっちぎるほどにだ。もちろん化け物になってしまうんじゃ意味がない――でも、校長のように制御する方法があるんだろう。

その力を手に入れて大陸に帰ったら、どうなる？　一躍、自分は最大最強の術者だ。マヨールや同級の連中などは言うまでもない。両親やプルートー教師ですら問題にならない。なんだって思うがままだ。もう媚《こ》びるような舌足らずの話し方も、誤魔化すためのくだらない手管も、口うるさい母の機先を制するため知恵を絞る必要もない。

（校長みたいに世界を支配できるかも）

これはさほど魅惑的な響きを持っていたわけでもない。どちらかといえば面倒だ。でもそれが多くの人間にとって歯ぎしりするほど苛立たしいことなら、やってもいいかもしれない。それに、その時には校長と同盟できるだろう。お互いに同じ孤独を照らし合わせながら……

ヴァンパイア化の手段は神人種族か神人信仰者が知っている。手がかりはふたつだ。ニューサイト。もしくはカーロッタ派。ベイジットはひとり得心すると、足音を忍ばせて校長宅に急いだ。

◆◇◆◇◆

今日はどうしますか？　と朝食の席でラッツベインに訊かれ、マヨールはしばし考えた。

「魔術戦士のことをもっと知りたいけど、昨日の今日じゃ、暇を作ってはもらえないだろうね」

「そうですねえ。戦いに参加した魔術戦士は議会の報告会に出ないといけませんし……」

パンを切りながらラッツベイン。校長を見ると、彼も同意した。

「全員を持ち場から離すわけにもいかないんで、今日は半分、明日残りの半分って手順でな。俺は明日の組だ。今日はアムサスの葬儀がある」

「あ、それ、ぼくも参列させていただけますか……お前も行くだろ？」

「え？」

ベイジットは話を振られて、慌てたような顔をした。

聞いていなかったようだった。たしなめるつもりでマヨールは目を細めた。

「俺たちを守って亡くなったようなものだぞ」

「え、ああ……そうだね。あたしも行きたいです、校長センセ」

「ああ。構わないよ。午後からだ」

フィンランディ家の魔術士は全員参列するようだった。校長がそんな言い方をしたので、マヨールは多少不思議に思った。後で聞いて理解した。これはつまり、校長夫人を除いた場合の言い回しなのだ。その時初めて、夫人が魔術士でないことを知った。特におかしいことではなかったのだろうが、考えもしなかった。

「母さんは普通の人ですよ」

ラッツベインはそう言い、エッジは反論した。

「普通の人が、魔王のボディガードなんて言われる？」

「ボディガードなんてしてないでしょ」

「昔言われたあだ名よ。なんで知らないの。カーロッタ・マウセンの片腕を斬り落としたのが誰だと――」

「あーもうー。母さんに関わる血なまぐさい話も聞かないようにしてんのよー」

両耳を押さえてラッツベインがわめき出したのでその話は終わった。

その後しばらく、彼女はぶつぶつと、これで母さんが七面鳥を切り分けるのを素直な気持ちで見られなくなったとこぼしていたが。葬儀は午後からということで、午前中は学校を見学して過ごした。

葬儀は共同墓地近くのホールを使用した、簡素なものだった。祭司を置かない魔術士式の別れの儀式だが、参列者は魔術士だけでもない様子だった。

「あ、あれがヴィクトールですよ。あっちで父さんと話してるのが市長です。開拓団の代表だった人ですよ。奥さんも一緒ですねえ」

　ラッツベインの解説を聞きながら、マヨールはそれらVIPを見回していった。ヴィクトール・マギー・ハウザーは大統領の代わりに来ているのだろう。エド・サンクタムが報告会に呼び出されているためか、彼の護衛についているのは部下のシスタだった。市長は明らかに無理をして出席しているのだろうと思われる――彼が開拓団を率いたサルア・ソリュードなら、元はキムラックの死の教師だ。魔術士の葬儀になど顔を出すのは支持者からはなお反発を招くところだろう。

　魔術戦士の同僚はいないようだった。ただ、遺族がひとかたまりになってうつむいていた。校長がお悔やみを述べると年老いた女と若い女がそろって泣き出した――母親と奥さんだろう、とマヨールは判断した。

　ふと気づいたように校長が、こちらを見た。そしてマヨールを手招きして、泣いている女たちに紹介した。

「彼はマヨール・マクレディ。キエサルヒマ魔術士同盟の代表として滞在しています」

　校長がなんのために自分を呼んだのか察して、マヨールは口を開いた。

「アムサスさんはぼくや、ぼくの妹……他にも大勢の仲間を守るために犠牲になりました。お悔やみを申し上げます」

「いいえ。こうなることは、覚悟の上ですもの」

子を亡くした母親は気丈にそう言って、隣にいる未亡人の手を取った。

「あの子は人を助けたのだし、それに、なにも遺《のこ》さずに逝ったのではないのですから」

夫人が母の手を握り返す。その微笑みで分かった。彼女は妊娠している。

遺族らは離れて、また棺《ひつぎ》の前で黙祷を捧《ささ》げた。それを眺めていると、校長が突然、こんなことを囁くのが聞こえた。

「あの棺は空っぽだ」

「え？」

見やる。校長の横顔は遠くを——棺と、そこに集う人々よりもさらに遠くを見ているようだった。

「遺体の損傷が激しすぎてな……魔術戦士の葬儀ではよくあることだ。強い毒性にさらされて触れることもできないことだってある。空の棺。馬鹿げてると感じるか？」

マヨールが答えられずにいると、彼は寂しく微笑んだ。

「だが儀式は、そんな空っぽのものに意味を持たせたくてするものだ。空のものには、誰かがなにかを詰めないとならないのさ」

（校長は、俺を褒めている？）

そう感じた。マヨールが、アムサスの母にああ言ったことをだ。

校長はそれだけ言うと、肩を叩いて、別の参列者と話しに離れていった。入れ替わりにベイジットが近づいてくる。あれだけ校長につきまとっていたくせに、今朝になってからは校長を避けているようだった。

「そろそろ終わりかな」

訊いてくる妹に、マヨールはうなずいた。

「まあ、そうだろうな。後はどうする？」

「アタシ、自由行動したいんだけど……」

「またかよ」

マヨールは呆れたが、ベイジットの顔を見つめ返して、

「分かった。頼んでみよう。なんの用事があるんだ？」

「んー、言わないとダメ？」

「なら俺に頼むなよ。いい加減にしろ」

忍耐の限界を覚えて告げると、ベイジットも癇癪《かんしゃく》を起こした。

「別に兄ちゃんに頼んでないよー。訊いたから言っただけじゃん」

しかめっ面で言い捨てると、くるりときびすを返す。

立ち去る妹を睨みながら、マヨールは毒づいた。

（まったく）

しかし実のところ、もうラッツベインに案内してもらえる範囲で、見たいものもないという気はしていた。

市内の観光などいくらしても意味はないし、学校の中も同じだ。見たいのは魔術戦士の報告会だが、さすがに非公開だろう。後に記録は閲覧できるかもしれないが知りたいことまで書いてあるとは思えない。あとはいっそ、またヴァンパイアの襲撃に出くわすか、そんなことでもなければ――

「誰がロビーを閉めた？」

誰かがそう言うのが耳に入った。

顔を上げる。発言したのはヴィクトールだった。

見ると確かにいつの間にか、出入り口の扉が閉めてあった。シスタが校長と顔を見合わせる。

一番近い位置にいたマヨールが扉に駆け寄った。手をかけるが外からつっかえでもしてあるのか動かない。マヨールは首を振った。扉自体は開けようと思えば魔術でなんとでもなるだろうが、問題は誰がこんなことをしたのかということと、その目的だ。

それ次第では迂闊《うかつ》に開けて良いものか分からない。ホールの出入り口はここだけではない。勝手口もあるし、なんとなれば窓もある。

魔術戦士の動きはさすがに素早かった。シスタは護衛対象のヴィクトールの横につき、市長夫妻とアムサスの遺族も呼び寄せて、いつでも防御できるよう構成を準備している。見たところ自衛できそうにないのは彼らだけだ。校長は娘たちをまとめて窓から遠ざけた。ベイジットを守るよう指示して、彼自身は勝手口と窓に注意を向けている。

窓ガラスが割れて、外からなにかが投げ込まれた。

四つか、五つか。火の点いた瓶が床に当たると割れて、炎を広げた。

校長が即座に一言でその火を消した。呪文というより、手下に命じて延焼を禁じたような声だった。

「……火炎瓶？」

マヨールはうめいた。校長が叫ぶ。

「カーロッタ派だ！　いいな、絶対に誰も傷つけるな。反撃は厳禁だ！　誰ひとり怪我させず、全員無事に逃がせ！」

これはシスタに指示したのだろう。

（無茶苦茶だ）

できるわけがない。マヨールは目を白黒させたが、シスタは反論どころかその指示を待ちすらしないでヴィクトールらを誘導しようとしている。

（彼女にじゃない。俺に言ったんだ）

なにがあろうと絶対に反撃するなと。カーロッタ派ということは反魔術士団体だろう。

攻撃対象は魔王か、その家族か、ヴィクトールか……とにかく全員か。

窓からまた、火炎瓶と石が投げ込まれてきた。さっきの量より多い。石はいくつかがマヨールの頭をかすめ、瓶のひとつが祭壇に命中して花と棺に火を点けた。

空の棺に。アムサスの母が悲鳴をあげた。祭壇に駆けもどろうとする彼女を、シスタが押しとどめる。

「外に逃げたら敵がいるんじゃないですか？」

マヨールは校長に掛け合った。校長は火を指さして、

「じゃあ、ここに留まるか？」

「そうじゃなくて、反撃せずに逃げるなんて無理です」

「できなかった時の言い訳なら聞く。君が死んだら葬式もあげてやる。だが今言えるのはこれだけだ——自分にできないと思うならシスタに任せて黙ってろ！」

「…………！」

これほど厳しい校長の眼差しは初めて見るものだった。

彼の立場は理解できる——校長には決定的な足枷がある。こんなテロが成功するという実例を出すわけにいかないのと同時に、逆に魔術士の脅威をアピールするのも同じくらい危険なのだ。ただひとつの解は、敵味方ともにまったく被害を出さず、徒労に終わらせること。それだけだ。

炎に追いやられ、マヨールは窓から後退した。校長は、今度は火を消そうとしない。消すよりもこの火に紛れて逃げようという算段だろう。熱気を避けて身をかがめながら、マヨールはつぶやいた。

「……大人数だと目立ちます」

「ああ。分けよう。ヴィクトールと市長はシスタに護衛させる。敵は市長はあまり狙いたがらないだろう。一番多く追っ手をかけられるのは俺と、アムサスの遺族だ。だからここはまとめる」

「何故遺族が？」

「アムサスはキムラック教徒と結婚した。彼女は裏切り者として脅迫を受けたことがある」

校長はアムサスの未亡人を示してから、マヨールに向き直った。

「君とベイジットは娘たちに守らせる。うちの連中はこんなことには慣れてるし、逃げ方も心得てる。従え。できるか？」

「……はい」

マヨールは返事した。

同じ指示を校長は、今度は全員に向けて繰り返した。

シスタは魔術で壁を破ると、そこからヴィクトールらを引き連れて脱出していった。

続いて校長たちが。残ったのは姉妹とマヨール組だ。火は勢いを増して、そろそろ床から壁、天井まで回り始めている。壁の穴から外をのぞいて、エッジが告げてきた。

「大丈夫。まだ脱出は気づかれてないみたい」

先行したシスタらに戦闘の兆候がないからだろう。マヨールは訊ねた。

「君たちはこんなことに慣れてるって聞いたけど……」

「まあね」

あっさりうなずくエッジに、ラッツベインが反論した。

「こんなの慣れてないですよう。慣れたくもないし」

「でもま『なんで？』ってパパに言わなくなったよね、みんな」

これはぽつりと、ラチェットだ。

ずっとベイジットが黙っているのが気になって、マヨールは目を向けた。

「どうした？」

まさかこんな時にまだふて腐れているわけでもあるまい。ベイジットは背後の火を見やったようだ。

「これ、アタシたちを殺そうと？」

「そうだろ」

馬鹿なことを訊くものだ。がベイジットは、うーんとうめいて話を続けた。

「こんなんじゃ魔術士は殺せないっしょ。校長センセはああ言ったけど、アタシらが反撃したらどうすんの？」

「そりゃ……そうしないと思ってるんだろ」

「したら、奥の手とかあんのかな？」

「お前なに言いたいんだ？」

きりのない話に付き合いきれなくなった頃、エッジが囁いた。

「今よ。わたしが先導する」

言うが早いか、彼女は出て行った。

マヨールが後に続いた。外は裏庭だ。手入れされていない植木が並んでいて、こっそり出るにはちょうどいい。

攻撃を受けた緊張感のせいもあり、マヨールは外に出た途端に大勢の暴徒かなにかが殺到し、農具で突いてくる様を想像していた――が、裏庭を抜けて狭い路地まで入っても人の気配らしきものはない。昼間の市内で、建物が燃えているのだから野次馬くらい集まりそうなものだが。拍子抜けすると同時に、薄ら寒いものも感じる。群衆の襲撃などよりももっと、大きな敵意に囲まれているという感覚だ。

（まさか、この市の住民全部が結託してるんじゃないだろうな？）

そんなことを思う。

それは物理的にあり得ないという道理と、だがそれくらいのことではあるのだという、これもまた道理と。ふたつに攻め立てられながらエッジの背を追った。彼女はこんな時すら手加減しなかったため、これは意外と難しいことだった。エッジは猫のように速やかに路地を駆けていく。マヨールが見失えば後続の全員、はぐれてしまうだろう。

息が切れてきて、マヨールはエッジに呼びかけた。エッジは足を止めて睨みつけてきた。

「三分以内にあなたたちを安全なところにとどけて、わたしは父さんの支援に行きたいの。分かる？」

「分かるよ。だが君の妹だってついてこれてない――」

背後を示す。ラッツベインとラチェットが遅れつつあった。あと二、三の角を曲がれば見失いかねない。ひいはあ言いながら追いついてくるラッツベインよりも、どうしてかラチェットのほうが顔色ひとつ変えずけろりとしていたが。

「フェエエッ……ジ」

ふらふらと、ラッツベインがエッジの腕を掴む。

「そうやってぇぇ……、ラチェエエエ……の世話ぁぁ、わたしぃぃにばっかりぃ押しつけぇて、自分は先ぃぃに行っちゃって、姉さんいつも言ってるぅでしょぉ、交代だってぇ」

「ニブくてスッとろい姉ですみません」

淡々と無表情に、ラチェットがマヨールに頭を下げる。

「なんでわたしには懐かないのよぉう」

めそめそ泣き出すラッツベインにはとりあえず苦い笑みだけ返しておいて、マヨールは気づいた。さっと血の気が引く。

「ベイジット？」

ついてきていない。

この中では一番後を走っていたのはラチェットだ。問い質しても彼女は首を振るだけだった。

「追っ手が来てるんじゃないのか？」

警戒し、マヨールは後戻りしようとした。それをエッジが遮る。

「あなたは道を知らないでしょう。わたしが行く」

「馬鹿を言え。人任せにできるか」

言い合っていると横からラッツベインが声をあげた。

「なら、全員でもどりましょうよう」

「危険があるならラチェットには無理」

冷静にエッジが告げた。ラチェットが無言でうなずいてみせる。

　エッジはさらにラッツベインに目を向けた。

「それに姉さんもね。キレて誰かを巻き込まない自信、ある？」

「ない……」

　しょんぼりとうなだれてからラッツベインは顔を上げた。

「でも、わたしたちが帰らなかったら父さんだってどうキレるか分かったもんじゃないんだからね！　普段格好つけたこと言ってたってさ！」

「分かってる。気をつけるわよ」

　姉の前髪をぐいと引っ張ってまたうなだれさせてから、エッジはマヨールに囁いた。

「あなたもね。あなたの妹を見捨てないのは、立場上そうできないからだけだって忘れないで」

「ああ」

　憎まれ口だが、痛いところも突いている。

　ラッツベイン組と別れて、マヨールらは後戻りを始めた。小声で確認する。

「カーロッタ派っていうのは、魔術士を捕らえて――」

　思わず言葉につまずいた。頭には浮かんでいるのだが、凶兆に思えて口に出せない。

　エッジはさらりとそれを言った。

「殺すか？　ええ。彼らの主体は死の教師だと言われてる。彼らの恨みは深いの。キムラック崩壊の責任も父さんにある、って言ってる」

「こんなことがあるって予期していたなら、どうして市内で葬儀なんかしたんだ？　警備も手薄過ぎた」

「父さんは、過激派の注意は報告会のほうに向いているはずだって踏んでたんでしょう。それにね、多少の危険があるにしても、こんな葬儀くらい無事に市内でできるってことを示さないと、威信を問われる」

「威信？」

「なくすと悲惨よ。指導者が威厳をなくしたら、高潔でいられない」

だから絶対に、キエサルヒマからの客を失うわけにもいかないし、魔王をキレさせるような事態も避けないとならないのだ。エッジは平静な素振りを見せているが、これは既に無理難題だった。非難の気配を感じて、マヨールはつぶやいた。

「……俺の妹は馬鹿だ」

「わたしの姉と妹もね」

「そうじゃない。ベイジットは、確かに間抜けだしドジもしょっちゅうだけど。それよりもっと馬鹿なことをしでかすかもしれない」

妹の今日の様子は変だった。いつも変だが、今日は特に。

それを思い浮かべていると、エッジが急に立ち止まり、壁に身を寄せた。マヨールの腕を掴んで引き寄せ、言う。

「……あんな風に？」

彼女が身を隠し、のぞいているのは道の先だった。

燃えている建物がもう見える。ベイジットの後ろ頭が熱心に揺れていた。妹は大勢の人間を前にして、一心に語っていた。まだ遠くて声は聞こえないが。

ベイジットが話しているのは男たち。十数人というところか。風体は街の人間と変わらない。実際、この近隣に住んでいる者たちかもしれない。マヨールはうめいて、額を押さえた。

エッジが口を動かした。〝現象相殺術〟だ。こちらからの呪文は打ち消して、向こうの音声をここまでとどかせる。そんな構成だった。

「——から、アンタらにだって得はあるんだって！」

ベイジットの声が聞こえるようになった。

「オーロラサークルだよ！　ケシオン・ヴァンパイアの剣！　知ってるでしょ！　ヴァンパイアがドラゴン種族をブッ殺した武器！　ここにはないけど、用意できる！」

「あいつ、なにを——」

囁きかけたマヨールを、エッジが手で制した。

押しとどめられて妹の話を聞くのは拷問だった。自分がどれだけ馬鹿げたことをしてるのか、あいつは分かってるのか？

「アタシからの要求はひとつだよ！　ヴァンパイア化の秘密を知りたいの！　制御する方法とね！　魔王だってヴァンパイアなんでしょ？」

これにはエッジもあんぐりと口を開けて、マヨールと顔を見合わせた。

「まさか、反魔術士団体に取り入ろうとしてるの？　あいつ」

信じられないといった口調で、エッジ。彼女がこれほど狼狽えたのは初めてかもしれない。

「どうする？」

配置を確認する限り、気づかれずに接近するのは無理に思えた。エッジが言う。

「なんとか注意を逸らして、その隙に――」

だが。

状況のほうが先に動いた。男たちのひとりが進み出てベイジットの腕を掴まえたのだ。ベイジットが悲鳴をあげた。振り解こうと身をよじり、魔術を放った。男の顔面が燃え上がり、男は顔を押さえて地面を転げ回った。

「くそっ」

マヨールは毒づいて、飛び出した。たちまち男たちに取り囲まれる妹に向かって走りながら構成を編み上げる。

純な手に乗り換えた。

（空間支配を――）

使いたいところだが、相手が多すぎた。全員の動きは縛れない。仕方なく、もっと単純な手に乗り換えた。

「凪よ！」

突風を吹きつけ、何人かを押しもどす。どちらかというと彼らの気を自分に向けさせるのが目的だった。新手の登場に彼らが叫ぶ。

「魔術士だ！」

「キエサルヒマ魔術士同盟からの使者だ！　俺と彼女に危害を加えれば、厄介なことになるぞ！」

マヨールは宣言した。はったりな上、吉と出るか凶と出るかも分からなかったが。男たちの表情に一筋の動揺も表れないところを見ると、あまり上手い手ではなかったらしい。

それでも相手に考える時間を与えるよりはと、マヨールは矢継ぎ早に叫んだ。

「魔王はお前たちと事を構えたくなくて逃げたが、俺たちは違うぞ。この場でお前たちを皆殺しにしても知ったことじゃない。彼女は俺の妹だ。放せ」

魔王という言葉には、彼らも反応を見せた。マヨールが適当に指さした方向を見すらした。次の動きが読めずにマヨールは構成を編んだ。相手の数は多い。火炎瓶のような武器まで用意していたのだから、まったくの素人でもないし非武装でもないだろう。自分だけならまだしもベイジットを助けないとならないなら、それなりの術を準備するしかない。誰か死なせかねないほどの。

（殺すのか、こんなところで）

そんな経験は無論、ない。できるかどうかも分からない。

相手は違う。魔術士に対する明確な殺意を持っている。不公平だな、とマヨールは胸中で皮肉った。こっちは実際に一声で全員を殺せるんだから、なおさら不公平だ。

殺すな、傷つけるなと命じたのは校長だ。だがあの魔王は、この局面なら――殺すだろう。全員残らず。躊躇《ためら》いもせず。自分を怒鳴った校長の目を思い出した。

男たちはマヨールとベイジットの間に人垣を作っていたが、突然、左右に分かれた。その間に残っていたのはベイジットと、彼女を抱きかかえた背の低い男だ。最初にベイジットを掴んだ男ではない（彼はまだ火傷《やけど》に苦悶《くもん》して倒れている）。目立たない、そこにいたことにも気づかなかったような男だった。

ベイジットは完全に意識を失い、ぐったりと男にもたれかかっている。奇妙に思った。即効性の麻酔でも打たれたような様子だ。

「彼女になにをした」

相手を見据えて、マヨールは詰問した。

男の声は予想より甲高い。喉ではなく頭蓋で発声しているような音だった。

「連れて行く」

眉がなく丸い目をこちらに向けた。返答でもなくただ宣言した。

「何処《どこ》へ」

マヨールがさらに問うと、男はやはりただ、こう言った。

「お前もだ」

そして男は飛びかかってきた。

にわかには信じがたい――なにしろ人間をひとり抱えているにもかかわらず、マヨールが避けるより素早く突っ込んできたのだから。魔術も間に合いようがない。男はマヨールの首を片手で掴み、軽く吊り上げた。

動けない。マヨールは男の腕を掴み返したが、びくともしなかった。蹴りつける。これも体勢が不十分で通じない。みぞおちの急所を狙ったつもりだったが、男はそれを見た上でかわした。密着した敵の、破れかぶれの打撃をだ。

(ヴァンパイア……?)

混濁する意識の中でマヨールはうめいた。人間離れした身体の力。怪物化する一歩手前でも人間を凌駕《りょうが》している。

「我掲げるは降魔の剣!」

エッジだ。物陰から飛び出し、胸の前で交差させた両手の間から威力を集束させた力場の剣を伸ばす。彼女はぎりぎりの間合いで、その切っ先をヴァンパイアの背中に押し込んだ。

術が触れた瞬間、ヴァンパイアはびくんと身体を痙攣させた。恐らく剣は、敵の神経を混乱させるべく少量の電流に変化したのだろう。掴まれている箇所からマヨールも電気の痛みを感じた。

感電した筋肉はかえって収縮し、首が絞まる。解放の助けにはならないのだが、とにかく敵の動きが一瞬止まってくれた。

「異界よ！」

叫びとともに、マヨールは術を完成させた。瞬間、マヨールの身体は現実の空間から解き放たれ、ヴァンパイアの手からも逃れる。すぐに術の効果は終わって、マヨールは地面に投げ出された。

見上げるとヴァンパイアもまた麻痺《まひ》から回復しようとしている——片腕にはベイジットを抱えたまま。

「閃きよ！」

マヨールは敵の目に閃光《せんこう》を注ぎ込んだ。視界を奪い、これもまた神経に衝撃と苦痛を与える。ヴァンパイアは仰《の》け反り、腕で光を防いだ。ベイジットを取り落として。

妹の身体を掴み、あとは逃げようと地面を蹴る。ヴァンパイアが目をくらまされているのは数秒だろう。そのうちに少しでも遠ざかり、エッジと連携しながら逃げ延びれば

――とにかく人目のあるところまで逃げれば。

（なんとかなる。敵がひとりなら……）

肩越しに見やって、ヴァンパイアの姿を確認する。

だがそこで、マヨールは足を止めた。

呆然と立ち尽くした。ようやく視力を回復して向き直るヴァンパイアに、ではない。

その向こう側にいたはずの男たち。カーロッタ派の連中全員の姿がない。

身を隠す時間があったとも思えない。マヨールはゆっくりと、あたりを見回した。エッジも同じことに気づいたらしい。同じ視線で反対回りに注意を巡らせていた。

その視線が出会ったところで、マヨールはつぶやいた。

「こいつら、全員が……ってことは?」

「まさか。そんなに多いわけがない。巨人化なんて、神人種族が来た時にしか起こらないんだから」

エッジが答える。

だが男たちはひとりずつ全員が違う場所から魔術士たちを見下ろしていた。退路のすべて、建物の屋根の上、塀の上から。一跳びで行けるはずのない場所にいた。顔を焼か

れたはずの男が顔を拭っている。火傷の痕はほとんど残っていなかった。

「連れて行く」

丸い目の小男が繰り返して言った。

マヨールは繰り返さなかった。何処へ？とは。無駄だと分かっていたからだ。


市内からは窓のない馬車で連れ出された――外の様子がうかがえないのに市街から出たと分かったのは、振動が明らかに舗装路から変わったからだ。狭い箱形の馬車に、気を失ったままのベイジット、エッジといっしょに押し込められている。

エッジは無言だった。マヨールもだが。馬車には彼らの他に、カーロッタ派の反魔術士主義者四人が同乗している。例の小柄な男もだった。馬車はもう一台が追走しているはずで、そちらにも何人かが乗っている。対抗するのは無謀だった。

長い沈黙の中、ヒュッと……息を詰める音を立てて、エッジが肩を引きつらせた。見ると、男のひとりが目を見開き、エッジを凝視したまま彼女の足首を掴んでいた。引きずり寄せようとしている。

彼女が身構える。マヨールも構成を編もうとしていた。が、実際に制止したのは小柄な男だった。

「よせ」

たった一言。丸い目をぎょろりとさせる。

エッジを掴まえるヴァンパイアの手がわずかにたじろぐのをマヨールは見た。だがそれだけだった。

「こいつは魔王の娘だ。俺たちを狩るつもりかも」

「ああ、そうだ。だが今はまだひよっこだ。手も足も出ない」

「分かるものか！　あの魔王の娘だぞ」

「いいや、分かる。魔術戦士ならこうも容易く投降しない」

男の言葉に反応したのはエッジのほうだった。睨みつけ、声をあげる。

「投降なんて……！」

だが男はまったく聞こえないように無視した。

「とにかく、今はよせ。魔王が娘を奪われてどう出るのか分からないうちは」

「…………」

エッジの足を掴んだヴァンパイアは、一息ごとに鼻息を荒らげ、そして訊ねた。

「足だけ折ってもいいか？」

小柄なほうはしばらく考えた。そして言った。

「ああ」

ぼきり。と鈍い音がして、エッジが苦痛に身をよじった。折れ曲がった脛《すね》を見下ろし、顔色を真っ青にしたが、悲鳴はあげなかった。たちまちに額に汗を浮かべ、そして震えながら倒れかかった。

マヨールは咄嗟に彼女を抱きかかえた。ヴァンパイアはもう手を放しているが、感触を味わうように笑みを噛み殺している。その目に浮かんだ歓喜を見据えて、マヨールは囁いた。

「なんてことを……」

「どうせ治せるだろう」

小柄な男は無関心だった。

マヨールは返答しそうになった。これだけの重傷だと治せるかどうかは分からない。他人の傷を治すのは難度が増すが、エッジが自分で癒すのはなおさら難しかろう。それでもマヨールが傷の箇所に手をかざすと、エッジがかぶりを振った。

青ざめた彼女の視線は、もう一方の足を見下ろしている。いつの間にかさっきのヴァンパイアが、そっちの足首を掴んでいた。

にやついている。治したらまた折る気だ。恐らく、マヨールが術に失敗するまで繰り返すつもりだろう。修復にしくじるともう完全にはもどせなくなる。

「そこまで……憎いか。魔王が」

歯ぎしりしてマヨールが言うと、答えたのは小柄なほうだった。

「魔王の大罪に比べれば、こんなものはただ悪趣味という程度だ」

「二十年も昔のことだ――」

「それだけではない。奴は人間の進むべき道を邪魔している」

男は目を動かして、ベイジットを示した。

「彼女の望みを知ったら、奴はその娘も消すだろうな」

「望み……？」

繰り返したが、ベイジットの言ったことも覚えていた。

〝なんか秘密があるんだよ。魔術には、急に、とんでもなく強くなっちゃうようななにかがさ！〟

〝ヴァンパイア化の秘密を知りたいの！　制御する方法とネ！　魔王だってヴァンパイアなんでしょ？〟

校長の言葉も。

〝泣きどころは、そうなった者はもう抹殺する以外にない〟

そして……

〝神人種族デグラジウス。オーフェン・フィンランディにより消去される〟

「父さんは、わたし、が、人質だろうと……容赦しない」

エッジの声は震えていたし、抱えたマヨールの肩に顔を押しつけていたので、ほとんど言葉になっていなかった。それでも彼女は精一杯に虚勢を張る。

「ただのカーロッタ派……なら手が出せなくても。ヴァンパイアだったら話……は別よ。壊滅災害……なら……議会も反対しない……」

「奴は議会の承認も得ずに独断で対処している！」

小柄な男は相変わらず冷静だったが、次第に感情を表しつつもあった。

「そうしてどれだけの仲間が秘密裏に葬られてきたか、お前は知らないだろう」

「父さんは、道義を通してる！」

「それなら魔王などと呼ばれはしないのだ」

「あなたこそ、父さんのことなんてなんにも知らないから――」

すっかり興奮したエッジの顔を、マヨールは力を込めて自分の肩に押しつけた。彼女を黙らせてから、告げる。

「お前たちは自ら巨人化を望んで、神人種族に帰依してるのか」

「そうだ」

「なら、勝手にそうして、それを望まない者はほっといたらどうだ。神人種族を探して奥地にでもどこにでも行けばいい。ヴァンパイアは人を凌駕してるんだから、街の助けなんていらないんだろう」

マヨールの言葉に、ヴァンパイアはしばし、呆《ほう》けたようだった。そして口の端を皮肉に歪めた。

「本当になにも知らない……島の魔術士というのは救いがないな」

「馬鹿にするのなら説明してみろ。堂々と言えもしないことを知ってるからと誇るほうが情けない」

「下手な挑発だ。だがいいだろう。開拓の初期を知る者の間では公然の秘密だ。かつて聖域を破壊し、結界を解いた魔王の力を、奴は今でも隠匿している」

「そんなの——あなたたちの流してる陰謀論でしょう！」

これはエッジだ。マヨールの腕を押しのけて叫んだ。

ヴァンパイアは一笑に付す。

「奴自身はその力を使いながら、人間を凌駕しそうな者や神そのものを抹殺し、支配を完全なものにしようとしている。我々はそのレジスタンスだ！」

「馬鹿げてる！」

エッジはさらに声を荒らげていたが——その声に含まれた必死さには、裏返ってまさにその懸念を同じ口で語っていた昨夜の姿も思い出さずにいられない。プルートー教師も言っていた。魔王は危険な支配者だと。

じっと押し黙ってマヨールは、様々なものが頭を駆けめぐるのを他人事のように見送った。駐屯地で見た魔王の姿。魔術戦士を率いてなにかをしていた。分からない、理解できない力を使おうとしていたように思える。

はたと、周りが静かだと気づいた。顔を上げる。エッジがこちらを見ていた。彼女の眼差し。ショックを受け、怯《おび》えている。見られてしまった――マヨールは、心臓を握りつぶされた心地で悟った。彼女は見抜いてしまった。彼が、ヴァンパイアの言葉を半ば以上信じようとしていたことを。

エッジの身体から力が抜けた。負傷の痛みと、張っていた気が途切れたことで意識を失ったらしい。ぐったりした彼女をまた抱え直して、マヨールはヴァンパイアに向き直った。

「魔王がそんな力を持ってるなら、むざむざ俺たちを誘拐させるか？　お前たちだってとっくに全滅してないとおかしいだろ」

「奴は力を上手く隠している。我々も上手く立ち回っている」

小柄なヴァンパイアは身を乗り出して、マヨールに顔を近づけてきた。

「それにヴァンパイアライズは異常な現象などではない。人間種族が本来持つ、あるべき力だ。実を言えばな、二十年前の大崩壊は、魔王に感謝しているほどだよ！　おかげで我々は神にまみえた。そして目覚めて、神そのものにもなれる。だからこそ奴はヴァンパイアを恐れるが、全滅はできない。やるなら人間種族を絶滅させるしかないからだ。それだって、奴が暴走すれば実行するかもしれない！」

「……信じるには確証が欲しい。あんたの言ってることは証拠がないなら陰謀論だ」

「実際に己の目で見ることになるだろうさ」

くつくつと笑って、ヴァンパイアは身体を引いた。

「お前たち自身が巨人化して、魔王を仕留めればな」


馬車から降ろされる頃にはすっかり日は暮れていた。

夜だ。真夜中にはなっていない。冴えた月光に照らされて地面はわずかに浮かび上がって見える。明るい場所は平地、暗い影は森だ。マヨールはあたりを見回した。広がった土地に、人の手で作られた暗がりがある。柵と建物の群れ。村だった。

小さな村ではない。ローグタウンよりも大きいだろう。村を見るマヨールを、小柄なヴァンパイアがじっと見ていた。

「カーロッタ村さ」

予想通りではあった。

マヨールが理解していたのは、ここが死の教主――教主の死後、カーロッタ・マウセンは地位の簒奪《さんだつ》を試みたとされ、その揶揄《やゆ》としてこの呼び名がある――ゆかりの土地であるということ。カーロッタ派が第二の教会総本山を築こうとした場所だ。

開拓時代、カーロッタ派とサルア派の合流によってカーロッタ・マウセンは隠居したという。彼女と、彼女を慕う者たちはこのカーロッタ村に暮らしてきた。

〝カーロッタ派〟なる呼び名を口にすることは禁じられている。これをあえて言う者が頭に思い浮かべるのは反魔術士団体としての彼らの活動だ。無論、活動自体は合法である。魔術士への依存に恐れを唱える彼らは、非魔術士による魔術組織の監視の必要性を強調する。かつてキエサルヒマ大陸が、少数の魔術士による独断で決定的な変革を迎えたことを非難し、変化に伴ってもたらされた戦乱の責も忘れまいと主張する。

馬車からヴァンパイアらが降りると、村から出迎えの声があがった。

「パパ！」

小さい影が走って、ヴァンパイアのひとりに抱きついた。

それだけではない。女、子供、あるいは男も。自分たちの英雄を歓待し、声援をあげた。彼らが捕虜を――マヨールらを――見せると、声はいっそう高まった。村人たちは戦いの成果を聞きたがった。パパの手柄話を子供がせがんでいる。

例の小柄なヴァンパイアが、同じ歳くらいの村人に話しているのが耳に入った。

「カーロッタ様は？」

「今宵は傷の具合が思わしくないようで、お屋敷のほうに……」

ふたりは声をひそめていた。喜んでいる他の連中に水を差さないようにだろう。マヨールにもよく聞き取れなかったが、ヴァンパイアがカーロッタへの報告を願い、村人がそれを渋っているというように聞こえた。

「我らは」

ヴァンパイアが激昂《げっこう》しかけた、この一言だけがはっきり分かった。

「魔王の娘を奪ってきたのだぞ。せめて接見いただき、お褒めでもなければ次の作戦など……！」

「ハハッ！　こいつ、足が痛くて泣いてるよ！」

続く村人の返事を、子供の笑い声に邪魔されてしまった。マヨールは向き直った――エッジはまだ意識を失っているが、ヴァンパイアのひとりが地面を引きずり、どこかに運ばれていこうとしている。ベイジットもだ。

「彼女をどこへ――」

止めようとしたマヨールの前に、別のヴァンパイアが割り込んだ。そいつは一言、こう告げた。

「お前も連れて行かれるのと同じ場所に決まってんだろうが、阿呆《あほ》が」

そしてマヨールの腕を掴み、引っ張り出した。抵抗すれば腕がもがれそうなほどの力だ。マヨールはうめいて、それについていった。

ヴァンパイアが魔術士を運び、その周りを村人が囲んで、勝利の歌を歌っている。祭りのようだった。次第に、進む先が小高い丘にある一軒家だというのが分かってくる。

屋敷だ。マウセン邸だろう。

　村人たちは門の中までは入ってこなかった。マヨール、エッジ、ベイジットと、数人のヴァンパイアが門を通り敷地に足を踏み入れる。門を押し開けたのは小柄なヴァンパイアだ。マヨールの位置からは見えなかったがその手つきは手荒いものだったのではないかと思えた。門が塀ごと軋《きし》むのが聞こえたのだ。

　玄関前で、マヨールは解放された。エッジとベイジットもだ。玄関まで上がって扉に触れたのは例のヴァンパイアだけで、他はむしろ遠巻きにでもするように後ずさりしている。ヴァンパイアがノッカーを叩きつけた。扉が開く。

　姿を現したのは、中年の美しい女だった。あまりにすんなり顔を見せたために、マヨールははっと息を呑んだ——女は肩掛けをかけているため、隻腕かどうかはよく分からない。彼女はまずヴァンパイアを見て、マヨールを見、エッジとベイジットを見回した。中でもエッジのことを長く見たようだった。

　女はヴァンパイアに視線をもどす前に、村人たちにも愛想良く微笑んだ。そして口を開いた。

「シマス。大層な戦果を運んできたようね」

「はい」

　シマスというのが名なのだろう。ヴァンパイアはその女の前にひれ伏した。

「魔術士は、キエサルヒマ魔術士同盟の特使と名乗っています。そしてもちろん、これがあの魔王の娘、エッジ・フィンランディです」

「ご苦労。このカーロッタが、あなたたち戦士の労に感謝しましょう」

決して大きな声ではないが彼女の言葉は誰の耳にもとどき、村人たちが喝采を送った。シマスもまたさらに頭を下げて感極まっている。

「ありがたいお言葉にございます！　我らは大儀のため――」

「あのね」

突然、カーロッタは彼の言葉を遮った。

館の中を示して、続ける。

「お話の続きは中でも良いかしら。シマス、あなただけ、お入りなさい。そこの魔術士たちも連れてきて……あら、足が？」

と、エッジの負傷を見つけて、不思議そうに首を傾げた。

カーロッタはマヨールを見やった。そして、

「治してあげれば？　痛いでしょうに」

それだけ言い残して、奥に引っ込んだ。

扉は開いたままだ。取り残された聴衆は、マヨールらも含めて、虚でも突かれたように立ち尽くすしかなかった。

屋敷の中、廊下を進んでいく。居間を通り抜けて食堂につながっていた。居間は控え室にも使われているのだろうし、食堂も大勢の会合場所に使われているのだろう。どちらも広く造られていた。

食堂は、十数人が座れる長いテーブルに椅子が並んでいる。カーロッタはその上座にさっさと腰を下ろした。シマスは戸惑ったが、彼女の横に並んで立つのを選んだようだ。誰もどうしろと言わないため、困ったのはマヨールだった。カーロッタはマヨールが座るのを待っているようだが、シマスはそれを許しそうにない。

ともかく、エッジを座らせた。彼女の足はなんとか治し、意識も回復したが、苦痛ですっかり衰弱して立っているのもやっとだった。ここまで抱えてきたベイジットも、別の椅子に座らせる。

マヨールは立ったまま、カーロッタに向き合った。元死の教師。開拓団を率いたひとり。彼女が口を開くと、シマスが緊張に肩をこわばらせるのが見えた。

「まずは状況を把握しておきたいのだけど、捕らえてきたのはこれで全員？」

「はい」

シマスは深々と頭《こうべ》を垂れた。

「魔王との交戦は為し得ませんでした。しかし――」

カーロッタはまた手下の声を手で封じた。そしてこちらに訊いてくる。

「あなたはキエサルヒマ島の魔術士？」

「……そうです」

なにをかは分からないが探りながら、マヨールは答えた。なにかが変だと感じている。それはこのカーロッタという人物の人を食ったような物腰のせいかもしれないし、もっと違うもののためかもしれなかった。

（ヴァンパイアが苛立っている）

シマスの様子に、マヨールは察した。なにかが思い通りにいっていないのだ。

「そう……」

それはカーロッタもまた、そうなのだろう。物憂げにつぶやき、試すように捕虜を眺めている。

やがて彼女は、長いまつげを上下させた。

「シマス、わたしが出迎えられなかったのはね、お客が来てたからよ。ふたりも」

と、厨房へと続くのであろうもうひとつの通路へと声をかけた。

そこから入ってきたのは大柄な人影と、もうひとり、それに比べれば痩せた男だった。

一人目を見つめて、マヨールは声をあげた。

「プルートー教師！」

「面白いタイミングだな」

　そして二人目は、ケシオンだった。彼はなにもしゃべらなかったが、マヨールを見て微笑んだようである。手には剣を——オーロラサークルを提げていた。

　呆気に取られたのはマヨールだけではない。シマスもまた校長の秘書の姿に目を白黒させている。

　カーロッタの笑みが、やや苦いものを混ぜた。

「あなたのおいたのおかげで、わたしは宿敵の魔王と、キエサルヒマ魔術士同盟、両方から圧力を受けた。分かる？」

　そこまで滑らかに告げてから、嘆息した。

「魔王はこの件で妥協しない。娘を無事に解放しないと、独力ででもここに来てわたしを殺すと。そっちはともかく、問題はね、わたしとしてはとてもデリケートな約束を、こちらの御方と整えたところだったの。なのにあなたはわたしの言うことも無視して、ご破算にしてしまうところだった」

　こちらの御方、と彼女が指したのはプルートーだ。カーロッタは秘密めいた仕草で指を振ったが、プルートーは涼しく無視している。

　怒り狂っているのがシマスだった——ヴァンパイアの憤激につられて、マヨールは戦闘態勢を取ったほどだった。シマスはこの場にいる者全員を引き裂きそうな形相だったが、背後にいるカーロッタに見えない紐《ひも》でくくられているように震えている。

彼にとってはとどめとなる一言を、カーロッタは無造作に放った。

「この子供たちは解放します」

「カーロッタ様！」

「無傷でね。シマス、あなたには罰を与えます。今宵、捕虜が逃げ出すのはあなたの落ち度。おわかり？」

「………はい」

精一杯に歯を食いしばったシマスの返事は、くぐもって違う言葉のようだった。

我慢もならなかったか、彼は食堂から出て行った。入ってきた時の意気揚々とした態度とは天地の差だ。カーロッタは肩を竦めた。

「彼の見張りの時にお逃げなさい。それまでは、牢屋《ろうや》で我慢して」

「感謝します」

これはケシオンだ。礼儀正しくお辞儀するとエッジのもとに駆け寄って、顔をのぞき込む。彼女がすっかり恥じ入っていたせいか、ケシオンは健康だけを簡単に確かめて声はかけなかった。

カーロッタはヴァンパイアが出て行った後をしばらく眺めていたようだが、やがて、仕方がないという顔で小さく息をついた。部屋の中の誰も彼女のことは気にしない——

そして彼女もそれをよく心得ている。そんな顔だった。

プルートーもそんな様子だ。マヨールはプルートーをうかがった。助かったという思いとともに、どうしても腑に落ちない。おかしい——マヨールらを運んだ馬車を、早馬なりなんなりで追い抜くことは可能だったろうから、ラッツベインから話を聞き次第、ここに先回りできたのは分からないでもない。

だがカーロッタの口ぶりは違う。今日のこととは無関係にプルートー教師と密約を交わしたと仄めかした。反魔術士団体と？　なんの約束があれば、せっかく捕らえた魔王の娘を解放させられる？

「こんなにあっさり……？」

つい声に出た。聞こえないほどの小声だったはずなので、カーロッタが聞き咎めたことにマヨールは驚いた。

「あっさり？　子供をさらったり、役にも立たないビラをまいたり、身体のバケモノ度合いを競えば戦いに勝てるなんて考えてる呑気な連中をひとりで束ねてるわたしの苦労ってそんなに淡泊？」

「感謝していますよ」

ケシオンが繰り返す。

カーロッタは彼に手を振ったが、視線はマヨールから外そうとしなかった。テーブルに肘をつき、伏せるような眼差しで、じっと。揺らめく瞳の色は、形だけそう整えた唇ほどにも面白がっていないことに気づいて、マヨールはぞっとした。

連想したのは何故か、校長の目つきだった。似ている。彼女が魔術士を狩る任務を帯びた暗殺者であったのを思い出す。

彼女は左手で頬杖をついている。右手は——あるとしても——肩掛けの下だ。

「使える部下が欲しいわね。不公平よ。あなたがわたしの側でも良くない？」

これはケシオンに言ったようだ。ケシオンは苦笑を返す。

「手下はともかく、あなたのボスは頼りがいがあるでしょう」

「世界の果てまで吹っ飛んじゃって、女神ちゃんってば、いつわたしに会いに来てくれるやら？」

「校長はあなたとの再戦を望んでません。あなたもでしょう」

「ま、ね。それなりには痛い目も見たし。でもお互い、こりごりってほどでもないでしょ」

彼女は不意に、右腕を掲げてみせた。

肩掛けから出してもまだ服の袖に隠れてはいるが、その右手は確かに肘から先のあたりが失われている。マヨールは息を呑んだ。反射的に視線がエッジを向いてしまう。

カーロッタも同じだった。つぶやく。

「斬ったのはその子の母親ね、そういえば」

穏やかに言いながら、腕を隠す。

エッジは意識を朦朧とさせながらも、起きていた。うめくのが聞こえる。

彼女の代わりに、マヨールは訊ねた。元死の教師に。

「恨んでいますか」

にっ、と笑みを浮かべてカーロッタはかぶりを振った。

「なんで？　わたしが頼んだのよ。巨人化しかけた腕を切り落としてって」

そして思い出したように付け加える。

「本当に頼んだのは、殺してってことだったんだけど。そのことでは多少しこりもあるわね」

最後に彼女は顔を上げ、背を伸ばした。目を細め、プルートーを始め客を見回し、言う。

「余所から来た人はどう思うか分からないけれど、新天地もそれなりに複雑なの。たった二十年でも嘘の歴史ができちゃうくらいには、ね」

「え？　じゃあ、ここがカーロッタ村なわけ？」

それから連れられた牢の中で、ベイジットは目を覚ました。

しばらく寝ぼけていたがようやく事態を呑み込み、これである。マヨールは今回こそはと、妹の首根っこを掴んでこちらを向けた。

「お前、自分がなにをやらかしたか分かってるんだろうな。俺たちは全員、化け物にされるとこだったんだぞ」

「え？　だって、それが目的だもの」

「だからアホだっていうんだ！　あの駐屯所を破壊したのはそのヴァンパイアなんだからな！　そうそうお前の都合よく制御できるわけないだろ！」

「えー、でもー、キエサルヒマじゃそこまでひどいことになんないって、校長センセ言ってたじゃん」

反乱者の村というのは、納屋に見せた牢が完備されているものなのだろうか？

多分、そうなのだろう。マヨールらが連れて行かれたのはそうした牢屋だった。憤懣やるかたないシマスに連行され、マヨール、ベイジット、エッジの三人が同じ場所に放り込まれた。プルートーとケシオンは別途村を抜け出し、後で合流するという——おかげでマヨールは疑問も不満も妹にぶつけるしかなかった。

夜半過ぎ、約束通りシマスが見張りに立っている時に、魔術で鍵を破壊した。開けてもらっても良かったし、無傷で解錠もできたろうが、シマスへの気遣いだ。あくまで彼の落ち度に見せかけないとならない。

ヴァンパイアは一言も言葉を発しなかった。わざと昏倒させる際、頭を殴れという指示も、側頭部を指さしただけだった。礼を言うべきかどうかマヨールは迷ったが、なにか言っていたら取り決めも命令もなにもかも吹っ飛んでいたかもしれない。

村からの脱出は簡単だった。カーロッタが村人を会議に招集したらしく、村人は出払っていた。議題は、捕らえた魔術士たちの処遇についてだろう。

(話は盛り上がっているんだろうか)

磔《はりつけ》か人質交渉か。提案する村人たちと、それを聞くカーロッタの姿を想像して、マヨールは複雑な心持ちになった。カーロッタは熱心に聞くふりをしながら、二十年前に遠い空に消えたという女神のことをまだ思い描いているんだろうか。女神が帰還した後の勝利を? 今回、マヨールは助かった。しかしそれは不可解な密約があってのことだ。なかったら、彼らは殺されていたのだろう。その時カーロッタは、やはり退屈そうな顔をしているのだ……何故ならそんなことで勝利が得られはしないと知っているから。女神の帰還以外、彼女に勝利はない。

可笑しいことなのか、笑いごとではないのか。それは分かりようがない。笑ったほうが負ける、そんなにらめっこに思えた。

村を離れて、音もなくケシオンが現れた時には肝を潰した――続いてプルートーも。手配しておいたのだろうが、フィンランディ家が使っている馬車が待機していた。乗り込む。中に校長がいるかもと思ったが、いなかった。校長がカーロッタ村に近づかないと約束をしたのは十年以上前のことで、破れば全面抗争にもなりかねない。そう説明したのはエッジだった。

ローグタウンにもどると明け方になっていた。日が昇る少し前。フィンランディ家に馬車が着くと、すぐに一家が飛び出してきた。エッジも馬車から駆け降り、そのまま父親に抱きついた。

「父さん……わたし、しくじった」

彼女が泣いていることに、マヨールは多少戸惑った。

娘を抱きしめて、校長は——マヨールの表情に気づいて、ちら、と目を向けながら

——囁いた。

「そうだな。騎士審問を望むなら相当不利になると覚悟しとけよ。だが」

と、縋るエッジを離して背中を押した。

「そんなのは後で気にすりゃいい。ほら。母さんにも甘えてこい」

エッジは少し身じろぎしたようだったが、母親の顔を見て、また泣き声をあげて抱きついた。それを見てようやくマヨールは、彼女が十六歳だと思い出した。横でラッツベインも派手に涙と鼻水を流しているし、母も子守歌を思わせる優しい声をかけている。ラチェットは無表情に肩を竦めているけれど。

ケシオンが馬車を帰して、マヨールのほうに近寄ってきた。

「これをお返しします」

剣だ。オーロラサークル。

マヨールはそれを受け取った。剣は静まっている。倉庫にあった、なんの変哲もないガラクタだった時と同じく。ベイジットの様子を見やると、さすがに彼女も気まずそうに爪先で地面を擦っている。

校長もそれを見ていた。マヨールが顔を上げると目が合った。

「マヨール。話がある」

彼の言葉に、マヨールはうなずいた。

「ええ。俺もです」


校長に連れられて、家を離れた。

散歩のような足取りだが村から遠ざかる方向だ。森を進んでいくと小川があり、それに沿って上流に向かっている。

次第に空も明るくなった。夜を明かして馬車に揺られていたのだから、当然マヨールは疲れていた。校長も恐らく寝ていないだろう。やや先を行く横顔には疲労の色が見えた。

いや……

二十年前に大陸の秩序を根底から破壊し、開拓計画を指揮してこの新大陸に渡った。それからは魔術戦士として戦い、スウェーデンボリー魔術学校の校長を務め、外交官としても働いている。敵は、身近にはあのカーロッタやヴァンパイアといった連中が、海の向こうにはキエサルヒマ大陸がある。疲れていなかったらどうかしている。

やがて、湖が見えた。

森の泉だ。海のように広い。朝日が湖面に反射して氷の鏡のようだった。澄んだ風が吹き寄せる。校長は、小高くなっている一角を指さした。そこには白い石碑が見えた。

登ってみて、それが墓だと分かった。もともとあった自然石の前にプレートを設《しつら》え、文字を刻んでいる。〝開拓者の墓〟

石の陰にびっしりと、それこそ数百はあろうかという壺が並べられている。苔《こけ》が被さって遠目からでは地面と見分けがつかなくなっているが。壺の形は様々だった。

「開拓初期、死者の遺体は焼いて、灰だけここに祭った」

岩に手をかけて、校長がつぶやいた。

「棺を作る手間はかけられなかったし、疫病の恐れもあったんでね。ローグタウンはカーロッタ派との抗争の拠点だった。あの時代、問題は山積みだったが一番きつかったのは人間の襲撃を警戒しないとならなかったことだ」

「キエサルヒマも、その時は……」

「ああ。紛争状態だった。フォルテがうまく立ち回ってくれたよ。ハーティア・アーレンフォードも」

「ハーティア議員もご存じなんですか？」

「よく知ってるよ」

「彼は……あなたと同じくらいの憎まれ役ですよ。同盟の勢力を分断して、トトカンタで自分の組織を作ってます。戦争を食い物にした悪魔だって言われてる」

仲間なんですか？　という言葉は口の中になんとか留めた。

校長はなにも答えなかった。ただ墓を撫で、こう言うのが聞こえた。

「今となってはこの墓を覚えてる者もそう多くない。遺体を焼くのが俺の役目だったことも。一日の終わりに俺が魔術で焼いたんだ。なるべく顔を覚えておこうと思った。だが、覚えきれない日のほうが多くなった。市内に住む権利が回復しても、俺はここから離れる気はしないな……」

答えなかった――のか？　不意に、マヨールは思い浮かんだ。答えたのかもしれない。なにかを。他に言い様のない、想像するしかない言葉で。

なにかに突き動かされるように、マヨールは唐突に口を出した。

「ベイジットの処罰はどうなりますか？」

「処罰？」

校長が訊いてくる。マヨールは言い直そうとした。

「あいつのせいで、娘さんまで危険な目に――」

だが校長は、みなまで言わせず制止した。目を閉じてこちらに向き直る。

「そうだな。腹は立つが、彼女はうちの生徒じゃないし、俺に処罰の権利はない。どちらかといえば俺の監督ミスでもある」

「あいつはヴァンパイア化を求めて反魔術士勢力に取り入ろうとしたんです。同盟反逆罪に問われたって仕方ない」

「問われても仕方ないだろうが、それはそっちの問題さ。それに同盟反逆罪のことを俺に言うのは――こう言っちゃなんだがお笑いぐさだろ。監督ミスを感じるのは、俺としてはまさにそんな望みがあるだろうと分かっていて、君らをここに招待したからだ」

校長はそう言った。マヨールが引き出そうとした言葉だった。

引き出せたのではなく、校長は最初からそれを言おうとしていたのだろう。マヨールは歯を擦り合わせてから、つぶやいた。

「そうだろうと思ってました」

「いつから？」

なんの恐れも感じさせず、校長は言う。

マヨールは相手を睨みつけた。オーロラサークルの柄を握り締める。

「ついさっきからかもしれないですね。そんなことはどうでもいい。あなたは、わざと俺たちを危険に遭遇させたんでしょう」

「どうしてそう思う？」

「あなたがこの世界の支配者だとよく分かったからですよ！　誰であれあなたに逆らえない。カーロッタ・マウセンも。神人種族さえ殺せるあんただ！　俺に無力さを痛感させたかったんだろう。成功したよ！」

最後には声を荒らげた。

冷静に対処するつもりだったが。

剣を抜いて、マヨールはその切っ先を校長に向けた。

「そうか。これが手か。とってつけたような話で妹のようなのを呼び寄せて。自分の手駒として《塔》に帰す。その後はなんだ？　自分を追いやった故郷への復讐《ふくしゅう》か？　許せないのは、そんなことのせいで、エッジは本当に怖がって泣いてたんだ！」

「マヨール」

「ああ、あんたがよほどの術者だってのは分かってる。開拓も成功して万々歳だろう。それでも俺たちを馬鹿にする資格なんてあるものか。俺が答えてやる——あんたに一矢報いて、あんたらの言う〝島〟の実力がどんなものか思い知らせて」

「マヨール」

校長は静かに告げて、オーロラサークルの刀身を手で押しのけた。

「君は本気で、俺があんな島ごときをどうにかしたくて、望んで娘を危険な目に遭わせるとでも思ってるのか？」

ゆっくりとしたその声音に込められた憤怒《ふんぬ》の強さに、マヨールはたじろいだ。

剣を引きもどすも、もう上げられない。

だがそれも一瞬で、校長は嘆息して怒りを追い払った。

「ぶちのめしてやりたいところだが、娘のために怒ってくれたのは感謝する。あの子は友達が少なくてね」

オーフェン・フィンランディはそう言うと、墓と並んで立つようにして視線を上げた。遠く、空を眺めている。

そして話を始めた。

「三年前に帰郷して分かったことがある。キエサルヒマは絶対に俺を許さない」

彼が見ているのはキエサルヒマだ、とマヨールは気づいた。無論、目で見て分かるわけではない。校長が向いているのは墓と同じ方向だ。墓を、故郷に向かって建てたのだろう。開拓者たちが故国を見られるように。

校長は薄く苦笑いを浮かべた。

「許さないのは当然だ。理屈じゃない。俺は、君らにとって大切なものを捨てていったんだからな。だから俺は、せいぜい君らの望む魔王の姿を見せて帰った。本当のことをそのまま話しても聞いてはもらえなかったろう。だから《塔》がこちらの挑発に乗るよう扇動した。俺には使命があった――」

「わたしが頼んだのだ。我が盟友となったこの人間に」

新しい声が加わった。

墓の陰からすっと現れたのは校長の秘書だった。マヨールは疑わしく彼を見つめた。手品でもなければ、そんなところに隠れていられたわけがない。

しかも今まで見せた態度とは違う。顔がそっくりな他人というほどの変化だ。彼は腕組みし、如才ないしゃべり方は跡形もなく、もっと超然とこちらを見下ろしている。

いや、マヨールだけではない。校長をもだ。

「ケシオン」

つぶやく校長に、ケシオンは首を振った。

「話すべき時には、名を隠す必要もない。わたしは魔王スウェーデンボリーだ」

マヨールはぽかんとした。校長の顔をうかがう。彼は否定しなかった。それどころか、早く受け入れろとばかりに軽く首を傾げた。

こんな馬鹿げた名乗りを信じるしかなかったのは、ただその仕草のおかげだった。マヨールは思わず後ずさりして、なにもない地面につまずき、よろめいた。

「神人……種族！」

それが有効だと思ったからというよりは、なにも考えずに剣を上げる。今度身構えた先は、魔王――いや本物の？　魔王のほうだった。

「こんなところにどうして。俺たちを支配する――のか」

混乱してわめきながら、閃く。

「そうか。校長を支配しているんだな！」

「いいや。断っておくが、わたし自身にはなんの力もない」

魔王はそう言って、両手を広げた。

そして胸を示し、

「ケシオンには感謝している。世界図塔〝魔王化〟実験の被験者であり、彼がわたしを覗《のぞ》いたから、わたしも君たちを知ることができた。だからわたしは彼の望みを叶えた」

彼は自分の身体を、どこか他人事じみた手つきで掴んでみせた。顔に広がるのは悪魔のような笑みだ。目を吊り上げ、歯を剥《む》き出して。

それはケシオンの巨人化を模しているのだろう。キエサルヒマで――校長を除けば――最大の罪人であり、最悪の殺人鬼の姿だ。その望みというのを、彼は続けた。

「自分をこんな目に遭わせた者に復讐したいと。わたしは、それくらいは思い知らせてやるべきだ、いいだろうと思った。だからこの武器を贈った。君たちは天世界の門《オーロラサークル》と名付けたか。夢のある名だ。わたしは鋏《はさみ》と呼んでいたが」

「光よ！」

こらえきれずに、マヨールは術を放った。

光熱波が魔王スウェーデンボリーに直撃する。が、光はいきなり構成を変え、直角に上方へと曲がった。空の上に消えていく。

「力がない……だと？」

術を放った体勢のまま、マヨールは立ち尽くした。指先が震える。他人の構成に干渉して書き換えることは、理論上は可能とされている。だが構成を瞬時に、完璧に見切ってそれを実行するのは話が別だ。ましてやマヨールが最大の力で撃ったものだった。常識を凌駕した熟達だ。

が、魔王は髪を振り払う程度の仕草で、こう言った。

「申し訳ないが基準が違う。こんなものは力の範疇《はんちゅう》にない。調停者の立場から、かつて盟友に告げた事実をもう一度繰り返そう。君たちに神人種族の影響を受けさせないため、わたしは君たちに肩入れせざるを得ない」

急に話を見失って、マヨールは顔をしかめた。

「どうしてだ。お前は神人種族なんだろう」

魔王はかぶりを振った。

「そうだが、厳密には違う。わたしは唯一の真なるアイルマンカーだ。ミズガルズソルムル全要素の創始者であり、わたしがかつて生者として属していた世界から仙人――世界離脱者《ウォーカー》となった。混乱しているか？」

「話が大きすぎて……」

思わず、頬が引きつる。法螺《ほら》話にしても基準が大き過ぎる。つまるところ、魔王は自分を神だと言っているのだ。だが、それは分かっていたはずの話だ――神人種族なのだから。

分かっていなかったのは、その神人種族をただの途方もない化け物だとしか思っていなかったところだ。

くらくらする頭に手をやっていると、魔王は口の端を上げた。自嘲したように見えた。

「そうか。わたしにとってもそれは同じだ。遠い昔、この肉の内で掴みきれないことが多すぎたため、わたしは精神化のさらに先にある神化を行った」

「神化？」

つぶやくマヨールに、校長が答えた。

「精神化は肉体の束縛から解放されて精神体になる。その精神の束縛からも脱すれば――」

「消滅する」

「と感じるのは、精神に縛られているから、というわけさ。安心しろよ。俺にも理解できそうにはない。所詮、俺たちは人間だ。超人なんて理解しないほうがいい」

校長の視線は魔王を、突き放すように見つめている。魔王もそれを分かって無視していた。

「何度も言うのは苦痛だが、肉体を持って思考している現状、わたしにも理解できてはいないのだ。一度至った境地からすれば、今のわたしは赤子以前のようなものだ。わたし自身、苛立たしい。わたしの稚拙な模倣……ドラゴン種族の始祖魔術士などと呼ばれた者たちと大差ないところさ。彼らは機会があったのに、悟りきれなかった」

スウェーデンボリーは語りながら、ゆっくりと進み出てきた。足がすくんで動けないマヨールの横を通り過ぎ、背後を回り、また前へ。

その間も話は続いた。長い話だ。しかもこの上なく浮世離れした。

「神人種族もだ。その根源的な矛盾と煩わしさから、神への復帰を目指す。しかし生命となった以上、存続しようという性質にも囚われる。どちらにせよ死ねないんだがね。相反する本性を併せ持ち、我々はすべて狂っている。神人種族だけではない。巨人種族にもそれは言える。世界を発生させる基となった無制限力《天使と悪魔》は制御できない。仮に行うとすれば変化の全可能性を停止した完全物質状態か、全物質の存在しない純粋可能性のみの状態となる――」

「待って！　待ってくれ！」

　先ほど魔術を放ったのと同じ心地で、マヨールは叫んだ。

「わざと混乱させようとしているのか！　なんの話がしたいんだ！」

「慣れたほうがいいぞ。言っておくが、こいつは邪悪この上ない」

　と言ったのは校長だ。彼の笑みは〝分かるよ〟と告げている。疲れのことを思い出した。この二十年の開拓史。その苦労のひとつがまさにこれだったのだろう。神人種族との戦いどころか――それを理解しようとしなければならない。

　校長は魔王を睨んだ。

「なにしろ超人そのものだ。こいつはこいつで、本来は俺たちを理解できないのさ。生死にこだわることも、他人に思い入れを持つことも、なにもだ。今はともかくファーストコンタクトはもっとひどかった」

「わたしは、ケシオンと同じように君の望みも聞いてやるべきかと――」

「ああ。危うく誘いに乗って、人生最大の過ちを犯すところだった」

　歯がみして、校長はこちらに向き直った。マヨールが思い浮かべたことを察したのだろう。こう釘を刺してきた。

「言っとくが、人生で最悪なんてのはいくらでも更新がある。なのに最良ってのはそれより少しマシってことでしかない。覚えとけ」

と、鼻を鳴らして黙り込む。

スウェーデンボリーは苦笑を噛み殺したようだ。口元を隠して話を再開した。

「魔術を決定づける最重要の要素である人の意志には、しがらみを切り払って外に進むものと、外部から自分のいる場所だけを切り取って内にこもるもの、両方がある。わたしはそれを《天使と悪魔》と名付けた」

「……どちらが悪魔？」

「それは盟友と同じ問いだな。同じ答えを返そう。どちらでもないし、一方だけを自在に選べるほど容易い選択ではない。世界書を読んだことがあるか？」

問われて、マヨールはうなずいた。

「第二巻なら」

「まあ、そちらでもいい。ならば知っているだろう。わたしは実体化した運命である女神に告げた。彼女は全能に近い力を持っているが、それは決して全能ではない。君たちは比較にならないほど弱いが、状況に対処して強大化し、全能と同じ意味を持つ無限可能性を秘めている」

「それが……巨人化？」

「そういうことだ。神人種族の影響を受け入れるだけでも、君たちは突然変異する。弱い君たちには劇的な変化と感じるだろうが、そんなものはせいぜい神人種族にとってはかつての自分の肉体の代用となるものでしかない。本当の変化はその先にある。精神化の果てと同じく、巨人化の先。人化だ」

そんなことをスウェーデンボリーが深刻に言ったため、マヨールは拍子抜けした。

「今も人間だ」

「そう、まだ人間だ。人じゃない。霊長化と言い換えようか？　人は神を完全に殺すもののことさ」

「巨人化は質量を集めるんだ」

横から、また校長が補足した。

「それが度を超して最終的には、絶対に分解不可能な完全物質に至る。変化を受け付けない、それが全能ってことだが、際限がないってことはいずれ世界全要素を引き付けて、すべてを原初の状態にしてしまう」

「じゃあ、ヴァンパイア化は……」

「実を言えば怪物になって暴れるくらいのことならほっといてもいいんだ。まだまだほど遠い。だが放置して手に負えなくなれば、あとは最終段階まで食い止める手段がなくなっちまう」

「だからわたしは、巨人化に代わる対抗手段を君たちに託した」

今度はスウェーデンボリーが補足したが、あとは校長に目配せした。話は人間同士に任せる気になったのかもしれない。校長は、嫌悪もあらわに口にした。

「魔王術。かつて、その初歩の初歩は白魔術と呼ばれていた。キエサルヒマ島ではまだその呼び方が残っているんだろうが」

彼は構成を描いた。編むのではなく、描いたと感じた――でたらめに見える構成だ。印象には残るが理解はできない。

あの時見た構成などよりはずっと短く、校長はすぐ霧散させた。だが。

ばきん！　と音を立てて、なにかが弾けた。手に反動を感じてマヨールはオーロラサークルを投げ出した。剣はまっぷたつに折れ、地面に落ちた。

「その剣はもう使えない。一度折れたことがあるから、また折れたんだな」

校長はそう言って、落とした剣を拾い上げた。恐らく嫌がらせなのだろうが武器の残骸を魔王に見せつける。

「魔王術はシステム・ユグドラシルの根幹どころか、種を植えるかどうかにまで干渉する秘儀だ。魔法だよ。使い方によっては巨人化より危険だ。俺たちはようやく、これを制御して運用できる段階になった」

折れた剣を手に、彼はまた、さっきの方角に目を向けた。

「懸念しているのはキエサルヒマだ。神人種族と遭遇することがあれば巨人化が起こる。

そうでなくとも、交流が活発になればヴァンパイアだって帰郷するだろうしな。俺が魔王術を公式に伝えられない理由は、分かるな？」

「あなたは敵だと思われているから……ぼくらの弱体化を狙って、巨人化を封じようとしていると言われる」

あのヴァンパイアが言うことなら、キエサルヒマの住人も同じことを言うだろう。

マヨールの返事に満足してか、校長はふっと笑った。

「特に、こっちにヴァンパイア化を推進する村がある上、その危険性を訴えるのが本物の魔王だっていうんだ。信じろってほうが無理な話だ。反面、貴族連盟の側は、俺が魔術士を強化するのを危険視するだろう」

彼は破損した刀身を拾い上げ、鞘に入れるとマヨールの手に返した。剣が力を失ったというのは、手触りからではよく分からない。だが確かに、あの熱も、振動ももう二度とないのだろう。魔王スウェーデンボリーが生み出し、戯れにケシオンに託してキエサルヒマを蹂躙《じゅうりん》した武器を、魔王術は容易くガラクタにしてしまった。

いや、カーロッタの言うように、見たほど容易いことではないのだろうが。校長はこの力を十数年も隠してきたのだ。

「君たちにはふたつのことを持ち帰らせる。君は魔王術の存在を知った。ケシオンを連れて帰り、魔術戦士の訓練を受けろ。この件はフォルテにだけ報告して、後は彼に任せろ」

「……もうひとつとは？」

「それはプルートーが持ち帰る。君には関係のないことだ」

オーフェン・フィンランディはそう告げて、話を打ち切った。

まだ居残っても良かったのだろうが、見るべきものはもう見たと判断して、マヨールは帰還を決めた。

船の都合のせいもある。今回の出港で帰らなければ次はかなり先だ。それまでここに留まっているつもりはなかった。

新大陸から離れる船の上で、マヨールは欄干に寄りかかって大地の影を見続けた。もう見送りに来てくれた姉妹らも、港も見えない。

「ひとりか」

声をかけてきたのは、プルートー教師だった。

マヨールは振り返らず、陸と、海面を眺め続けた。だが返事だけはした。

「はい。ベイジットを探しているんですか？」

「いいや。そういえば見かけなかったな。まさか置いてきたんじゃないだろうな？」

「そうしたかったですけど」

苦笑する。

「船室にいますよ。落ち込んでてくれればまだ可愛《かわい》いんですけどね。校長の秘書がキエサルヒマに移り住むんで、喜んでます」

「そうか」

その言葉にはなんの感情もなかった。

こっそり、マヨールは教師を盗み見た——だが分かるようなものはなにもない。プルートーはゆっくりとした動作でマヨールの横に並び、去りゆく新大陸を眺望した。

彼がなにも言わないため、マヨールはつぶやいた。

「同盟反逆罪について一晩説明したんですよ。でも通じやしない。あいつ、なんて言ったと思います？『ふーん。じゃあモグリでいいよ』ですよ」

それを聞いて笑ってから、プルートーは訊いてきた。

「腹立たしいか？」

「ええ。俺は笑えませんでした。俺や他の魔術士が、それをどれだけのことだと思ってるのか、あいつ分かってて唾をかけてるんです」

「そうだな。だが、お互い様かもしれんぞ？」

太い眉を上げて、プルートーはそう言った。

「……そうですね」

マヨールは、うつむいた。

そのまましばらく黙したが、風景は変わらなかった。この距離では変化も少ない。陸が見えなくなれば、あとはもう海だけだ。海と、空と、雲の影と。考えてみれば海は人を馬鹿にしている。陸がないと生きられない人間に、そんな陸など小さくつまらないものだと見せつけながら、海では生かしてくれない。

それがどれだけ寂しく、つらくとも、航海では耐えないとならない。

意を決して、マヨールは口火を切った。

「カーロッタ・マウセンとの密約は、なんですか」

「機密事項をどうしてお前に話さないとならない？」

「白状しますが、ぼくはあなたを駄目な教師だと思っていました」

姿勢を正し、マヨールは教師に向き合った。

「でも今は、あなたを尊敬したいと思ってる。それに応えてください。そんな理由じゃいけませんか」

「痛いところを突くな」

プルートーは欄干に肘をかけたままだった。

声をひそめるかと思ったが、普通に言った。他に聞く者がいたわけでもないが。

「即時実現可能な暗殺計画だよ。魔王オーフェン・フィンランディのな」

好まないはずの呼び方をした。

「そんな！」

マヨールは声をあげた。予想外だったからではない――およそ想像の通りで、だから訊かずにいられなかった。

片手を上げてプルートーは話を続けた。

「実現可能だというのが重要なのだ。わたしは彼の行動を把握し、反魔王の地下組織とコネクションを作った。それを《塔》に報告する。上層部はすぐにはゴーサインを出さないだろう。今、新大陸の体制を変化させるメリットはないし、いざという時にすぐ殺せる人間にトップにいてもらったほうが都合がいい」

「そんなの、まともな話ですか？」

食い下がる。が、プルートーはきっぱりとうなずいた。

「まともだよ。銃には弾を込めるものだ。狂気とはそれを撃つことだよ」

「もう十分に異常ですよ」

「どうかな。誰が誰より強いとかいうのと同じで、そんなのは考えの足らん連中の言うことだと思うがね。奴は計画のことなど看破しているだろうが、実際にその命令が下されて、キエサルヒマから刺客が来れば恐らく死ぬだろう。あえて防がないからではないぞ。防ぎようのない計画だと分かっているからだ――超人でもなければな」

今となっては皮肉でしかないその言葉に、教師は力を込めた。

「だからその時が来れば奴は死ぬだろう。そう信じてるよ。無論、それだけに奴はそんな事態にならないよう、外交に全力を尽くすだろうさ」

凪の中、マヨールは髪を押さえて掻きむしった。だが呑み込みきれないものが喉から漏れる。

「理解できそうにありません」

「できるさ、マヨール・マクレディ。己を強いと思うなら一人前を目指せ。善かろうが悪かろうが構わんが、大人にな。お前の叔父の話、実は、あれには続きがある」

「…………」

「帰って、両親に訊け。話してくれるだろう」

その時ようやく、プルートーの口調の優しさに気がついた。

だからマヨールは、自分の髪を掴む手を放した。

また新大陸を見やる。まだ見えた。次に目を離せばもう見ることはないかもしれないが。

短い滞在だったが、見たものは多かった。多かったはずだ。まだ見ていないものもあるだろうし、見たことを理解するにはもう少し時間がかかるのだろう。

理解した時、自分は恐らく、今よりは大人になっている。守られるだけでなく、誰かを守れるように。

そのためなら、進めるはずだ。果てない海さえも。

マヨールは船の行く手へと向きやった。風が身体を持ち上げ、意識よりも速く前へ進める、そんな気がした。

魔王の娘の師匠

「だーかーらー、仕方ないじゃないですかあー」

愚図る師匠の背中を押すのは、ラッツベインには慣れたことだった。

修行中からよくあったことだ。いや、これも修行の一環だったのではと思わないでもない。師匠はぐったりうなだれて抵抗するのだが、もうそれすらも弱々しい。しょぼい。ラッツベインは彼の背中に手を当て、力を入れて郊外の道をずるずる押していった。

「でもさ、気は進まないんだよ」

未練がましく後方を振り返りながら、師匠はぼやく。

「そりゃね、君の父さんが気を遣ってくれたのを迷惑？　だとは言わないよ。でもはっきり言って迷惑っていうか、嫌がらせだと思うな、きっと」

「そんなことないですよぉ。父さんは心配してるんですって。それかまあ不気味に思ってるか、目障りだったか、ラチェに余計なこと吹き込まれたか、とにかく善意ですよ、善意」

「『とにかく』の前後関係について、たまに君と議論したくなる時があるんだ」

そう言いつつも師匠は議論などしない。長いつきあいで知っていた。生まれた時からの知り合いで、実のところラッツベインはちゃんと確認するまで、彼を親戚筋だと思っていたくらいだ。

「あれは、ただの居候でしょ」

とはラチェ、つまり末の妹の発言だった。

それを聞いてラッツベインは驚愕《きょうがく》した――だってわたし、物心ついた頃から叔父さんって呼び続けてたのよ。なんで誰も訂正しないの。

中の妹、エッジは姉妹の会話には滅多に参加しないが、父親譲りの険相をちらりと向け、こう言ってみせた。

「元は父さんの生徒だったんだって。ほんの、ごく短期間だけね」

妹の言わんとするところは察しがついていた。彼女にとっては父親と自分以外の魔術士はすべて格下の、取るに足らない存在なのだ。これはしばしばトラブルを招くので、ラッツベインも何度か〝修正〟を試みたことはある。無駄だった。

ともかくそれは置いておいて、ラッツベインはラチェットに反論した。

「居候はおかしくない？　近所には住んでるけど、うちにいるわけじゃないし」

「だって、身体中から、居候ーって感じの磁気がバリバリ出てるもん」

「……出てるけども」

ラッツベインもそれは認めた。

フィンランディ姉妹はそれぞれすべて、異なった状況で魔術を学んだ。

エッジは父親以外の誰かから学ぶなど考えられもしないといった態度を貫き通した結果、強引に父親の個人授業を勝ち取った。魔王から学んだ唯一の生徒（これは正確ではないのだが）だということを鼻にかけ、日々売らないでもいい喧嘩《けんか》を売っている。ラチェットはごく普通にスウェーデンボリー魔術学校に通っている。成績は中の下だ。気にしてないようなのでそのうち下の上あたりになるだろう。

　そして師匠に預けられたのがラッツベインだった。どうして姉妹で差をつけたのか、父に問い質したことがある。彼はこう言った――資質かな。お前とあいつ、似てるから。

似てないよ！　と全力で言い張ったものの聞いてはもらえなかった。

　まあそんなわけではあるが、師匠の指導には不服があったわけでもない。多分。

　ふたりが向かっているのは――というかとにかく、ラッツベインが目指しているのは隣の村だった。そう遠くはない。街道もあるので時折すれ違う村人が、奇妙そうに視線を向けていく。師匠はそういった人たちにいちいち愛想笑いと会釈をしていたが、ラッツベインにはそんな余裕はなかった。昼までに着かないと遅刻だ。師匠が歩いてさえくれれば間に合うのだが。

　師匠はとことん気が進まない様子だった。空を振り仰いで遠い眼差しを投げている。

「でも、この歳でお見合いっていうのは……」

「歳は選べないじゃないですかー」

　ラッツベインがうめくと、師匠も弱く言い返してくる。

「だから予定のほうを選ぶんだよ」

「予定なんかないじゃないですかー」

「ないけど、希望はあるじゃないか」

「師匠にはないんですー」

勇気づけているのに、言うたびになんでか師匠の身体が重くなっている気がしたが。

腕が疲れたのでいったん休んで、今度は頭で押していく。

「今日会う人、すごく相性ぴったりかもしれないじゃないですか。父さんが先月見つけて、こりゃ面白ぇやって思ったらしいですよ！」

「感想が既におかしいし」

「えー、それでもわざわざ他の人じゃなくて師匠に紹介するんですから、よほどぴったりだと思ったんですよ。先方に失礼なのも気にしないんですから」

「君と議論すべき点が逐一増えてる気がする」

言っている横を、後ろからゆっくりと馬車が追い抜いていこうとしていた。御者席を見ると森番のフィネスお爺《じい》さんである。いつものように、お酒と食べ物を買い出しに来ていたのだろう。最近孫が生まれたとかで、それ用の荷物ものぞいている。

老人はのんびりと口ひげの下から声をかけてきた。

「やーあ。ラッツちゃんに、マジク先生」

「ああ、どうも」

と、これは師匠。歩かないくせに丁寧にお辞儀はしている。

ラッツベインは踏ん張っていたため声が返せなかったが、なんとか手だけはぶんぶん振った。

フィネス老人はうんうんとうなずき、続けた。

「今日も押してるねぇ」

「はい。弟子の意のままに押されてます」

「隣村かね。乗ってくかい？」

「いいえ。大丈夫です」

「大丈夫じゃないでーす！」

必死でラッツベインは反論したものの、師匠も老人も取り合ってくれなかった。

それじゃあと挨拶を残して、馬車は速度を上げ去っていく。

しばらくラッツベインは地団駄踏んでいたものの、はっと思いついて顔を上げた。

「そうだ。父さんと母さんもお見合いで知り合ったんだって知ってました？」

「知ってるけどかなり意味が違うよ」

「でもでも、知り合ったんだから意味なんてどうでもいいじゃないですか」

「普通はどうでもよくはないし、およそあらゆる点であのふたりは参考にしたくないな」

「でもでもでも——」

そうこうしているうちに橋が見えてくる。

隣村の入り口だ。

師匠が大袈裟にため息をつくのが聞こえた。


開拓にまつわる制度は、たった二十年の歴史しかないというのになかなかに複雑怪奇さをはらんでいる。

そもそもの発端は民間で行われたキエサルヒマからの〝脱出組〟だ。

当時は外大陸開拓計画と称されたそれは、アーバンラマ資本の主導で発足した。封じられた島であったキエサルヒマから原大陸への回帰を望んだ者たちは、キエサルヒマ魔術士同盟、貴族共産会の支援を受けて（と言われているが、それについての作文の宿題を父母に手伝ってもらった時の苦笑いからすると複雑なものはありそうだった）、この大陸へと渡ってきた。伝説の開拓船スクルド号に乗って。

その時点ですら、開拓計画は二種類あった。先発したカーロッタ計画と、遭難した先発隊を追って出たサルア計画だ。原大陸で両者は合流し、困難を乗り越えてこの地に礎を築いた。

スクルド号の往復によって、キエサルヒマとこちらとの連絡は保たれた。キャプテン・キース・ロイヤルは謎の多い人物ではあるが、開拓団が孤立に追いやられることがなかったのは彼の尽力による。開拓黎明期《れいめいき》における最大の難関は言うまでもなく神人種族との遭遇だったが、海魔メイソンフォーリーンとの交戦でキャプテンは行方不明となったという。今では彼を神人のひとりだったのではないかと言う者もいる。「そんなこと考えるな。アホらしい」とは父の言葉だが。

こうした偉人が名を連ねるのが開拓史だ。父もそのひとりである。そのことを思うと、ラッツベインは誇らしいというより、もぞっとした気持ちになる。外交委員であり、騎士団の外部顧問であり、非常権議員を兼ね、スウェーデンボリー魔術学校の校長であり、神人対抗措置執行判定の優先票を持ち恐らく現存する魔術戦士で最強の人物だが、ラチェが夕飯前にチョコを食べたがるのを制止できないただの父親だ。

逸れた話をもどすと、開拓の困難が一段落した頃にキエサルヒマの内紛もまた終結した。停戦した貴族共産会とキエサルヒマ魔術士同盟は、彼らも独自の開拓計画を打ち出した。開拓公社である。もとは古い貴族連盟の管理する、キエサルヒマ島の開拓計画を取り仕切る組織だったのだが、大幅に増強された。魔術士たちが原大陸に渡ってきたのは主にこちらの計画だ。

遅れて乗り込んできたということで、先行した開拓民には彼らを軽んじる傾向もないではない。反発し、中には魔術士狩りを目論んだ者すらいた。カーロッタ・サルア計画に参加したのが魔術士を嫌う土地柄の人々であったというのも一因だろう。因縁を含みながらも表だっての争いにならずに済んだのは、カーロッタ・サルア計画において父の存在が大きかったからだと言われている（もぞっとする）。父はキエサルヒマ魔術士同盟と協約を結んでスウェーデンボリー魔術学校を開校し、関係を緊密にした。

その〝遅れてきた〟魔術士らに含まれていたのが、師匠だ。父とは古くからの知り合いで、原大陸に渡って父を訪ねた。ちょうどその時にラッツベインが誕生し、もしかしたら名付け親になっていたかもしれないという。

「そうだね。ぼくが考えてたのは石の名前だったかな。ルビーとか、ルチルとか。可愛いのがいいかなって思ってた。でも一週間くらい悩んでたら、君の父さんが、もういい自分で考えるって――」

その話を聞いた時、ラッツベインは生涯でただ一度だけ、師匠を蹴飛ばした。

それはともかく。

師匠は魔術学校の教師のひとりだ。名付け親にはならなかったが、多忙な父に代わってラッツベインの個人授業も受け持ってくれた。学校での評判は、こんな様子であるからして、まあ昼行灯《あんどん》といったところだ。

歳のわりに格好は悪くないと思うのだが、ぼんやりしているし、独身だ。暇な時はうろうろしてるし、暇でない時はもそもそしている。なにか考えている（らしい）時は、きょどきょどしている。走光性で雑食、好き嫌いはないように見えて人の目を盗んでグリンピースを残すことが多い――

「ねえ。あの」

師匠に制止されて、ラッツベインは振り向いた。

「なんですか？　師匠」

「誰に解説してんの？」

困ったように訊いてくる。ラッツベインは首を傾げた。驚く。

「あれ？　いえ、これから売り込まないといけないから練習してたんですけど、つい声に出しちゃってました？」

「うん」

「どのへんからですか？」

「昼行灯とか」

「ああ、なんだ。聞かれても師匠を傷つけない程度の部分ですね」

「そうかなー……」

うつむいてぶつぶつ言っている師匠に、ラッツベインは腕を振った。

「そんなことより師匠、ここですよ！」

と、ようやく辿り着いた屋敷を指し示す。

さすがに師匠も観念して自走の機能を取り戻したので、押してくる必要はなくなった。隣村の中にあるかと思っていたら、聞いてみると目的の家は村からは外れたところにあった。時間にはかなり遅れてしまったが、とにかく着いたのだ。

大きな屋敷だった。昨今ではこんな家が建つこともそんなには珍しくなくなったが、それでもそうそうあるものでもない。二階建ての館を鉄柵の門外から見上げて、ラッツベインはしばしぽかんと過ごした。庭はきちんと手入れされ、窓に飾られた鉢もヒナギクが可愛らしく花をつけている。

「ここって……」

心当たりがあるというより、ないのはおかしいなと思ってラッツベインは言いかけた。隣村でこんな大きな屋敷で暮らしているような人の名前なら、ピンときても良さそうなものだった。

「あー、そうか」

師匠が片手でこめかみを押さえる仕草をする。

「メイリー・ペイトンって名前、どっかで聞いたとは思ってた。学校の出資者だよ。元カーロッタ派の――いや、言うのは違法か。忘れて」

気のない声音の師匠に、ラッツベインは向き直った。

「魔術士排斥者の？」

「元ナニガシ派の全部が全部そうだってわけじゃないよ」

曖昧に口を濁してそう言うものの、師匠こそ疑わしげに窓を眺めている。

「バルダン・ペイトンは開校時からのスポンサーさ。魔術士の親族もいないのに結構な大口でね。あの当時、彼みたいな人がいてくれたのはありがたいことだよ。亡くなって、去年から娘が跡目を継いだって話だけど」

「その娘さんっていうのがお見合いの相手ですか？」

「そうだろうね。同じ家に住んでるメイリーがもうひとりいるっていうなら、そっちかもしれないけど」

「玉の輿《こし》じゃないですかー！」

ラッツベインは歓声をあげて飛び跳ねた。と、はたと気づいて屋敷のほうを見やり、小声で言い直す。

「玉の輿じゃないですかー」

ついでに小さく飛び跳ね直す。

どのみち師匠は、無造作に伸びかかっている金髪の頭を掻きながらしかめ面をしている。

「断りづらい相手だなぁ」

「断らなけりゃいいじゃないですかぁー」

まっとうにラッツベインは指摘したのだが、師匠には通じなかったようだ。生徒に〝あーあ顔〟と呼ばれている情けない面持ちで、逃げ道でも探すみたいにあたりを見回している。

時間の問題で本当に引き返しかねないと察して、ラッツベインは門の柵に手を伸ばした。手をかけて押そうとすると、力を入れてもいないうちに門は開いた。

「……油、差しすぎですねぇ」

「うん？」

訊き返してくる師匠に首を振る。

「いいえ。それより師匠、入って入って」

袖を掴んで引きずり込む。

一度師匠を見てから館に向き直った。その間に、玄関に女の人がひとり現れたのを見つけて、ラッツベインはきょとんとした。まるで宙から現れたみたいに静かで、清楚《せいそ》なたたずまいの女性だ。

その人はこちらを見て、そっと頭を下げてから進み出てきた。黒いドレス。白い肌。ほっそりとした手を腰の前に組んで、姿勢も正しく玄関から降りてくる。長い黒髪がドレスの一部であるかのようにぴったりと身を包み、全身を覆っている。細面《ほそおもて》で、なにに似ているかと言われれば、職人が命を賭して造った精巧なガラス細工といったところか。

年齢はよく分からないが。三十前ほどか？　古風で大人びて見えるので、実際にはもう少し若いのかもしれない。彼女が歩いてくる間、ラッツベインは固まって動けずにいた。

あわわわ、と声にも出せず狼狽える。目の前までやってきたその人に、ラッツベインはくるりと向き直ると、深々と頭を下げた。

謝罪する。

「すいません。人違いでした」

「え？」

「いやいやいや！」

慌てて、師匠が声をあげるが。

まったく礼儀を弁《わきま》えない不肖の師匠をやんわりとたしなめ、改めて告げる。

「だってあなたのはずが――こんなですよ、うちの師匠」

と、思い切り指さす。

弟子の指の先で。師匠は図々しくも相変わらず師匠のままだ。相変わらずぼんやりしているし、髪を切ったのも相変わらず二か月前。いつ切っても二か月前に切った髪型をしているのだ。歩く時、手がまったく動かないし、足音とかかさこそ鳴りそうな感じである。枯れ葉が似合う。土が似合う。茶色系だ。目は眠そう。眉は目より眠そう。声は風邪気味。ひいてなくても風邪気味。病原菌にはわりとしぶとい抵抗力を示して風邪とかひかないくせに風邪気味。

その女性、明らかにメイリー・ペイトンなのだろうが、彼女はしっとりと濡れた瞳でラッツベインの指先にたたずむモノを見つめた。そしてうなずいて、こう言った。

「ええ、素敵」

「マジっすか」

ラッツベインはうめいた。

「正気で言ってますか？　うちの父さんに脅迫されてるなら、気にしないでいいんですよそんなの。きつく言っときますから。自己批判させますから」

「君とっていうか、君の眷属《けんぞく》とはいつか決着をつけないといけない気がしてきた」

師匠がつぶやいている。

メイリーは話を聞きながら、口に手を当てて鈴のような笑い方をした。

「こんな場所でなんですから、お入りになりませんか」

屋敷を示す。

ラッツベインは一瞬迷い、そしてメイリーに会釈をしてから、師匠を引っ張って後退した。ひそひそと相談を始める。

「どうしますか、師匠」

「いやまあ、どうしますかって、断りづらい相手ではあるんだよ」

「師匠が良からぬ無駄な欲望を抱く前に退散するほうが後々のためではあるかと思うんですけど、でも万が一うまくいくことだって一応確率の上では……」

「えーっと」

「分かりました。当たって砕けましょう。砕け散ったら死なないでくださいね、わたしたちはいつでも家族ですから！　晩ごはん余分に作って待ってますから！」

「えーと、この野郎ー。もうー」

なにやら聞こえない声で野次を飛ばす師匠はほっといて、ラッツベインは戦場に復帰した。メイリーの前にもどって覚悟とともに返事する。

「はい。お邪魔させていただきます」

「どうぞ、こちらへ」

彼女の招き入れる仕草は風が草を揺らすようだった。

彼女はこの屋敷にひとりで暮らしているのだという。

以前は使用人を入れていたのですけどね——と、廊下を案内しながらメイリーは説明してくれた。

「父がいた頃はメイドを五人も使っていました。人の出入りも多かったですしね。でもわたしひとりになったら商売というのも難しいですし、何部屋も使うわけではないですから、不経済でしょう？」

「はぁー」

ただただ息をついて、ラッツベインは屋内の調度を眺めた。

「そんな暮らしって、ちょっと想像つかないですねー」

館はしっかりした造りだ。見ただけで分かるものでもないが、見た目だけの間に合わせという感じではない。

恐らく開拓事業が落ち着いてから建てられたもので、築十年というところだろうが、大昔からあったように馴染んでいるのは多くの人を出迎えたからか。迎賓のために見栄えも整えられたのだろう。

初期から開拓に参加した人の多くは現在、裕福だ。良い土地を手に入れられるし、開拓期というのはどんな商売でも重宝され、繁盛する。廊下を回って応接室に通されて、ラッツベインはまた声をあげた。

季節柄、暖炉に火は入っていないものの、それがフェイクではないのは灰の芳香で分かった。丁寧に作られたポプリが爽やかに香気を足している。壁には古びた剣が掛けてあって、これは開拓の困難を忘れないよう、当時使われたものを掲げる流行りの風習によるものだ。絨毯《じゅうたん》や家具はキエサルヒマから持ち込まれたものだろうか。だとしたら極めて価値の高い物だ——そうでなければわざわざ持ち込むはずはない。

花瓶や飾りはやや女性趣味だろうか。エッジなら鼻で笑ったろうが、ラッツベインは好みだった。妹たちがいなかったら部屋をこうしたいと思っていた理想に近い。多分、母の趣味に似たものがあるからだろう。

「でもあなたのお父様は、メイリーは遠慮がちに目を伏せて微笑んだ。
感心していると、メイリーは遠慮がちに目を伏せて微笑んだ。

「いいえ。まーさかー。二十年来の年季のいった使い走りだって言ってますよぅー」
思い切り否定する。

「身内の方には、お分かりになりにくいのね」
メイリーが言いながら、わずかに——ほんのわずかに拳を握るのを、ラッツベインは気づいた。

「彼が、どれほどのものを占有しているのか——いえ」
さっとその手を開き、言い直してくる。

「ごめんなさい。ご立派なお父様なのだということを言いたかったんですのよ」

「師匠はその手先なんですよ！」
ラッツベインはすかさずアピールしてから、こっそり振り向いて師匠にガッツポーズを見せた。師匠は何故だかじっとり半眼だったが。
のそりと進み出て、師匠は手を差し出した。

「自己紹介が遅れました。初めまして。スウェーデンボリー魔術学校で教師をしています。マジク・リンです。これはラッツベイン・フィンランディ。生徒です」

「師匠の付き添いです。よろしくお願いいたしますー」

ラッツベインもお辞儀する。

伏せた視界で、師匠の手をメイリーが——細やかな指先で丁寧に撫でるように——握るのが見えた。両手を添えて、少し驚くくらい身体を近づけながら、

「実を申しますと、わたしから持ちかけたんです。このお話は」

そんなことを言った。

「そうなんですか!?」

つい不作法に口を挟んでしまう。とはいえ師匠は師匠で、気の利いたことを言うでも愛想笑いをするでもなく彼女の顔を見返しているだけなので、割り込んで正解だったかもしれない。

ええ、とうなずいてはにかむメイリーに、師匠はようやく口を開いた。じっと相手を見やりながら、

「どこかでお会いしましたか？」

「先月のパーティーで」

まだ触れていた手をようやく離し、メイリーは手振りでソファーを勧めてくれた。

師匠が座るのを待ってからラッツベインもその隣に腰を下ろす。

メイリーはすぐには座らず、ちょっと失礼と言い置いてからワゴンを押してもどってきた。お茶の用意をテーブルに並べる。ラッツベインが手伝おうとすると、彼女はやんわり拒絶した。

ポットからお湯を注ぐメイリーに、師匠が言い出した。

「ぼくは出席していません」

なんの話かすぐには分からなかったが、パーティーのことらしい。メイリーも見当をつけてこう答えてきた。

「でも、少しだけ立ち寄りましたでしょう?」

「ええ、まあ、夜食をつまみに」

「その時に、感じたんです。あなただ、と……」

そっと、ティーカップを師匠に押しやった。

湯気の立つお茶を一呼吸ほど眺めてから師匠は手を伸ばした。ぎこちない指先が取っ手に触れると、カップは皿にこすれて小さな音を立てた。

その一挙手一投足にメイリーは視線を注いでいる。ラッツベインと自分の分のお茶を用意する手つきは明らかに上の空だった。

熱かったのか、師匠はお茶を飲まないまま手をもどした。

「ぼくは、生徒にも舐《な》められるような教師ですよ」

「お優しいからでしょう」

と、メイリー。

なにかフォローを言うべきなのかとラッツベインは言葉を探したが、特には思いつかなかった。紅茶は良い香りを漂わせていたが師匠が飲まないのでは自分が飲むわけにもいかない。手持ちぶさたでいるうちに師匠は話を続けた。

「会場にどの同僚がいたかは存じないですが、クレイリーとはお話になられましたか。今度、騎士教官に推薦される出世頭です。ぼくとはそりが合わないですが」

「では、わたくしとも合いませんわね」

怯《ひる》みもせずにメイリーは言う。

ラッツベインが目を丸くしていると師匠はソファーから身を乗り出し、膝の上に頬杖をついた。

「メイリーさん。あなたはとても素敵な御方だ」

「ありがとうございます」

メイリーは謙遜するものの、言われ慣れているのは隠しようもない。

師匠はその姿勢のまま、首を左右に振った。

「誰だって不自然に感じますよ。本当に脅されてはいませんか？」

「いえ、彼ではないでしょうね」

そう言ってようやくティーカップを手にしたかと思うと、なにを思ったか、中身をすべて絨毯にこぼした。

「毒入りの飲み物を出すよう指示するような奴にです」

「師匠！」

不作法——とかなんとかの問題ですらない。パラノイアとしてもひどすぎる。

メイリーは大きな目をもっと皿のようにして絶句していた。師匠はカップを逆さにしたまま じっと待っていたが、なんの返事もないのを見て、片眉を下げた。

「……もしかして、毒は入ってないですか？」

「ええ」

震える声で、メイリー。彼女は自分のカップを取ると口をつけて飲み干した。

それをじっと見守る。濡れた唇がカップの縁から離れて、最後、舌なめずりしたのはなんだか奇妙ではあったが。とんでもない侮辱にも動じず、メイリーは毅然《きぜん》と背を伸ばしている。

「なるほど。毒じゃない、か」

「師匠ー」

「校長先生は——」

どう叱ろうか。叱ればなんとかこの場を誤魔化せるだろうかと、ラッツベインは立ち上がった。

師匠はこちらを見ようともしない。ただメイリーを見つめていた。しかし謝るでもない。悪びれもせずこんなことを言い出した。

「毒だったら良かったんだけれど」

「師匠、なに言って」

「あなたがこれを毒だと思ってないなら、もっと悪い」

パン！　と弾けた音はなんだったのか。

師匠を睨みつけていたラッツベインには分からなかった。音はメイリーのところから聞こえた。振り向く。と。

見えたものは。ガラス細工のようだったメイリーが、まったく文字通りの意味で粘土細工になっている様だった。それも、台から落っことした有様にだ。およそ完璧な形だったメイリーの頭蓋は二倍ほどに膨れあがり、中から破裂して大穴を開けている。丸い破裂穴は見る間にふさがったが、肥大は直らなかった。変化が終わるとメイリーは頭だけが巨大化して、元の形を保った口元だけでにんまりと笑みを浮かべている。

またさらに弾ける音。破裂したのは右肩だ。次は脇腹。足。順繰りに破裂しては塞がるのを繰り返して、異形へと化けていく。

ラッツベインはただ呆然としていたが、師匠がつぶやくのはかろうじて意識の端にすくい取っていた。

「久しぶりに見た。信心証明薬」

ソファーに座ったまま、ちらとこちらに手を振って、

「ラッツベイン。そこどいて」

「は、はひ」

言われるままに場所を開ける。静かな口調で師匠は唱えた。

「我は放つ光の白刃」

魔術のほうはそう静かとは言えない――師匠の手の先から放たれた熱衝撃波は室内の空気をつんざき、壁を撃った。外の風景がのぞく窓を巻き込んで爆発するが、それが収まると壁どころか窓ガラスにひびひとつ入っていない。

「そんなっ」

ラッツベインは息を呑んだ。頼りない師匠ではあるが魔術の扱いには熟達している。今の威力は申し分ないものだ。

メイリーが――メイリーだったものが――笑い出した。二度と聞きたくないような類の笑い声だ。

「出られはしませんよ！」

原形をとどめているのは口だけで、恐ろしいことにその唇は今なお魅力的だった。その他の部位は人間のサイズを逸脱して半ば溶解し、今やふたり掛けのソファーを覆い潰そうとしていた。

師匠はそんなメイリーを見つめたままで、席を立ちすらしない。嘆息した。手を伸ばして、

「ラッツベイン。こっちに」

「ど、どどどどど」

「どうするのか？　まあ説明するより、見て学ぶと良い」

ラッツベインの手に触れると、呪文を声にした。

次の瞬間には館の外に出ていた。ぎょっとして振り向く。館のすぐ外、庭に立っている。たった今魔術を弾かれた壁がすぐそこだった。窓から、さっきまで座っていた応接室とそこで膨れ上がるメイリーの姿が見える。

「な、なななななな」

「なにをしたのかというと、疑似空間転移だよ」

「でも、壁を突き抜けるなんて――」

「構成は格段に難しくなるんだけどね」

肩をすくめて、師匠は門を指さした。

「さて、逃げよう」

「はい！」

否《いや》も応もなく同意する。

走りながら脱出の際の構成を思い出そうとしたものの、複雑などというレベルのものではなく、片鱗《へんりん》すらイメージできない。すっかり混乱した頭に別の疑問が過《よ》ぎった。

「ええと、あの、師匠！」

「なに」

「さっきの、なんですか、えーと、薬？」

「信心証明薬。飲むと一時的に、巨人種族に近い状態になる――ま、ほど遠いんだけどね」

「じゃああれ、ヴァンパイアなんですか⁉」

柵は入った時と違い、押しても引いても開こうとしない。師匠は深々とため息をついてから、片膝を地面についてラッツベインを促した。言われた通りラッツベインは師匠の背中を踏んで柵に上がり、上から師匠を引っ張り上げた。魔術で跳んでも良かったのだろうが、師匠は魔術をあまり使いたがらない。父もだが。

柵を越える最中に、館から異形の叫び声が鳴り響いた。哄笑《こうしょう》にも増して不気味で、聞けば腹痛を起こしそうな不快な騒音だ。村までも聞こえただろうか。そんな大音量だった。

なんにしろ外に降り立ってから、師匠は続けた。

「本来の用途は、神人信仰者が仲間を増やすことだ。あとは供物さ。神人は巨人化《ヴァンパイアライズ》あるいは精神化《ゴースタライズ》した身体を取り込んで力を強めるからね」

「神人……」

ラッツベインは口の中でその言葉を味わった。知識でしか知らなかったものだが、想像通り嫌な味だ。

現時点で確認された神人は六人だ。第一号である女神ヴェルザンディはキエサルヒマを襲い、島の結界を崩壊させる一因となった。第二号は召喚によって証明された魔王スウェーデンボリー。そして文献で認定された過去の女神ウルズ。あとはウオーカー＝ガンディワンスロウン、メイソンフォーリーン、デグラジウス。

神人種族という呼ばれ方もする。しかし彼らが種族と言えるものかどうか。彼らは実体化した常世界法則だ。人の姿をしているとは限らない。莫大な力を誇り、この原大陸《こうじん》のみならず世界のどこにでも存在する。遭遇すれば危機は避けられない。女神は黄塵《こうじん》なる毒をふりまき、死の魔獣を放った。現在は行方が分からないが全世界質量降臨の鍵を持ち——世界のリスタートもしくはターミネーション、とかなんとか父は言っていたが——それを食い止めるためにはもう一度遭遇しておく必要があるらしい。メイソンフォーリーンは溶けない氷で海を塞いだし、デグラジウスはただひたすら人間を取り込んで暴れたという。

「問題は、だ」

逃げながら、師匠はぽつりとつぶやいた。

「信心証明薬を作るには神人の体組織が要るんだ。場合によっちゃ神人自身がばらまくんだけど……」

「え。じゃあ」

ラッツベインは足を止めた。

同じく立ち止まって、師匠がうなずく。

「ああ。ここいらに神人がいるってことになる。巨人化も問題だけど、神人が融合したら、まずいな」

「そーんなー！」

頭を抱える。神人による被害というのは尋常でなく広範囲にわたる――古くはキエサルヒマ島一個が滅びかけたのだ。こんな人里の近くにまで接近を許せば悲惨極まりない事態になる。

だが師匠はまだ危機感なくぼんやりしている。

「まあ、神人が丸ごとひとりいるとは思えないけどね」

「ほ、本当ですかー？」

半分泣きたくなりつつ念押しする。師匠はいまいち確信なく首を傾げながら、

「少なくとも万全じゃあないんだろう。じゃなけりゃ村なんてとっくに壊滅して――」

屋敷のほうからまた音がした。

爆発のような地響き。

実際にそれは爆発だった。炎でも爆風でもない。膨れ上がった肉の圧力が館を内側からバラバラにし、四散させた。

屋敷からは走って逃げた。だがそんな距離は小さなものだった。肥大したメイリーは噴水のように聳《そび》え、そして天高くから折れ、垂れ下がって降り注いできた。巨大な肉の波だ。それが頭上に迫る中、ラッツベインは声を発した。

「我は砕く原始の静寂！」

同時に師匠も同じ構成を編んでいる。

ふたつの衝撃がメイリーの身体を裂いた。細切れになって跳ね返り、ラッツベインらは押しつぶされるのを免れた。だが破壊できた分量というのは全体からしたら半分にも満たない。しかもすぐに傷が塞がっていく。

再生したメイリーの姿は、竜のように見えた。美しい竜、恐ろしい竜、どちらとも違う。歪んだ、稚拙な竜の形だ。

それを見上げて師匠が言うのが聞こえた。

「デグラジウスの細片だな。まだ残ってたのか……まったく。メイリーは取り憑かれたな。本人の望みとはいえもったいない」

「あうあう」

歯の根が合わないラッツベインに、師匠はふと思いついたように目を瞬いた。

「ああ、これだけど。君の両親が出会った見合いの状況に、意外と似てる気がするよ」

「呑気なー！」

ラッツベインがわめいていると。

メイリーが口を開いた──いや、竜の口の位置にある別の用途の器官か。何故ならメイリーの本当の口は、ここまで変貌してもなお元の形のまま、口もどきの上に残っていた。

では口もどきはなんの器官なのか。ラッツベインはすぐに知った。開いた竜の口から光が迸り、ふたりに直撃して大爆発を起こしたからだ。

◆◇◆◇◆

光に目がくらんだ弟子が失神するのを横目に、マジクは声を発した。

「我は紡ぐ光輪の鎧《よろい》！」

障壁が熱線を割る。

大規模な防御では抗しきれない——と踏んで、自分と弟子、最小限だけを最大の強度で防御した。

光が過ぎ去る。熱線とは違うものだったようだ。周辺の木は薙《な》ぎ倒されているものの地面には焦げひとつない。

（さて……）

変貌したメイリーに向かって片手を向ける。もう一方は倒れた弟子を受け止めていた。

立て続けに構成を編み上げる。独立した複数の構成ではない。変換鎖状構成。ひとつながりの魔術構成を変化させた。

「我は繋《つな》ぐ虹の秘宝！」

光が怪物の身体を貫き、炎と化し、稲妻を発した上で急速に冷却する。空気に霜が舞った。が、そのどれも風が吹き去るように効果を失い、メイリーは笑いながら再生した。どれも効いていない。

弟子の身体を抱えて後退しながら、マジクは落胆した。

「面倒くさいな……にしてもこんなでかいのを見過ごしてたなんて。いや、十年かけて育ったのか」

異形の上に残されたメイリーの唇の位置に、彼女の顔が浮かび上がった——ただし逆向きにだ。口だけがまともなまま、彼女の声は笑い声と重なった。

「最初は、ほんの欠片《かけら》だった。愚かなわたしには育て方も分からず――」

誇らしげに感情を高ぶらせ、目から鼻から体液を垂れ流す。

「でも！　分かったのよ。神が欲しておられるものが！　かつての肉体！　人間の血と肉！　お父様は良い滋養になったわ」

彼女が発憤しているうちに、マジクは足下の地面を手で探った。先ほどの光線が砕いた砂をすくう。液体のような柔らかさだ。物質分解だろう。足下の地面を狙われなかったのは幸運だった。

そして囁く。

（頭は良くないな。宿主の知能もほとんど残ってない）

術が効いて、むくりと弟子が起き上がった。

彼女は目を見開いて顔を上げると、いったんは安堵して胸を撫で下ろした。夢と思ったのだろう。しかし背後ではメイリーが哄笑を続けているし、神に捧げる感謝の言葉を吐いている。さすがに無視できなくなって肩越しに見やり、マジクの顔を見た時には世にも情けなげに半泣きになっていた。

そして叫び出す。

「警察！　警察を！　さつじーん！」

「いや――」

騒ぐ弟子をなだめようと口を開くのだが、彼女はまったく聞く様子もない。

「そうだ！　妹を呼びましょう。あんなグネったモノと喧嘩できるって聞いたらエッジならすぐ来ますよ。グネり好きですから。とにかく助けを」

「いや、だから、ラッツベイン」

暴れ回る弟子の形相は、どこかメイリーの有様に似ていなくもない。

彼女の肩を掴まえてその目をのぞき込んだ。告げる。

「君は助けを呼びに行って。そうだな、まあ警察でもいいや」

と、村の方角を指さした。

弟子はうなずきかけたが――やはり気づいたらしい。

「師匠は？」

マジクは微笑んだ。今度は、メイリーに指を向けて。

「どっちかが食い止めないと」

「でも」

「君を残してぼくが逃げるっていうのは、ちょっとね。ないよ、常識的に。それは分かるだろ？」

笑いながら言って、弟子の身体を村のほうに押しやる。

遮るように、マジクは怪物と向かい合った。

「あっちの目当てはぼくなんだしね。さ、行ってくれ」

弟子の迷いが、地面を行ったり来たりする足音で知れる。だが彼女はとうとうこう叫んで走り去っていった。

「すぐに、父さんを呼んできます！」

「いやー、来ないと思うよ」

足音が遠ざかってから、小声でつぶやく。

メイリーは逆さの顔に恍惚《こうこつ》をたたえたまま、こちらを見下ろしている。やり取りを待ってくれたのは余裕か、あるいは望むところだからか。ラッツベインが誰を呼んで来ようと、それまでにマジクを取り込めばもう敵はないと思っている。

（わざわざぼくを狙ったんだ。欲しいのはあれだろう……）

怪物の鼻先に肉切れでも放る心地で、話しかける。

「つまり、校長ではなくぼくなら苦もなく取り込めると考えたわけだな。ぼくを覚えていたか。デグラジウス」

それでこんな理由を使っておびき寄せた。

呆れて頭を掻く。

「まったく。あの人も抜けたとこがあるから。いや、騙されたふりして寄越したかな。

どちらにせよ後で文句は言わせてもらうか」

「後で文句は言うでしょうね。我が神の腹の中で一体となって！」

声をあげ、メイリーは身体から触手を伸ばす。

マジクはつぶやいた。

「切れ端ごときが大袈裟だな」

熱衝撃波が触手を灼いて押しもどす。

大して痛痒《つうよう》を感じさせるでもないが。どうでもいいことだ。マジクはまぶたを半分下ろし、意識もまた半ば沈めた。

「魔王術をあの子に見せるのはまだ早いからね。手早くやらせてもらう」

構成は莫大なものになる。それを援護もなく短時間で編まないとならない。

しかも通常の魔術と違ってその構成には一貫性も妥当性もない。〝偽典構成〟だ。でたらめな文字列を使って意味の通じる詩を即興で作るようなものだった。絵を描くのに近い。ひとつひとつは意味を持たない色の粒をちりばめ、意味を持った絵を作る。さらに、ただ使うだけではなく反動を抑えるためには構成の量は倍以上になった。

しかしなによりの危険は、魔王術は効果に歯止めをかけなければ魔法に通じかねないということだ――常世界法則をも歪め、容易に破滅を招く。影響は常に必要最小限にとどめなければならない。そのため現状では術の存在自体が一般には秘されている。

メイリーが口を開こうと、笑い声をあげようと、巨体をうねらせて触手を広げようと、マジクはただ構成に努めた。

唱え始める。

「我が名、イクトラ、それは虚偽。虚《うつ》ろの名、広がり、偽典の系譜を連ねる」

ただの声ではない。そもそもマジクの声ではない。魔術によって紡がれた魔王の声だ。

魔術は音声によって存在を示し、魔王術は魔術そのものを媒体とする。

殺到してくるメイリーの嘲りを聞き咎めた。

「効くものか――」

だが、そう言った瞬間。

今にもとどきそうだったメイリーの身体が半分ほどに萎《しぼ》んだ。

増殖によって進んできた分を半減させて遠ざかった相手を、マジクは鼻で笑った。

「見くびったね。まあ、もう一回り大きくなってたら、ぼくひとりじゃ難しかったか」

構成を再開する。

「虚偽の名を贄に不正なる取引し、我、騙しの神の殺害を請求する！」

叫ぶとさらにメイリーが鞠《まり》ほどの大きさに押し込められる。

悲鳴すら小さく、か細くなっていった。だが手加減はしない。完全に消滅するまで術を完遂する。

「だが結果は真に残る。記録から削除せよ」

メイリーが完全に消え失《う》せた。

その姿を思い浮かべようとして、記憶に蘇らないことを確認する。消し去った。だが消えたことだけは記憶している。これでいい。あとはこの魔王術が行われたことを文書なりなんなりに記録化し、誰かがそれを覚えている限りは、この効果は続く。

ふうと力を抜いて、木にもたれようとし、あたりには砂しかないと思い出す。ふらふらと一番近い木立を探していると、そこに先客がいるのが見えた。

「面倒かけてすまなかったな」

と言いながら、その人物は近づいてきた。まるで気が向いたから立ち寄ったとでもいう様子だが。

職務の途中だったのだろう。学校で身につけている黒のローブそのままだ。若い頃から知っているが、どこかひねたような風貌は今でもあまり変わっていない。

どちらがどちらの物まねをしたわけでもないが、ふたりしてやや皮肉げに口の端を吊り上げた。

「校長」

マジクは彼を呼んで、うめいた。

「隠れて見てたんですか？」

校長は詫びるような手つきを返し、かぶりを振る。

「まさか。泡を食って飛び出してきたんだ。あの強度とはな」

更地になった周辺を眺めて言う。

同じものを見やってマジクは告げた。

「こういうことなら前もって情報が欲しかったですね。それならひとりで来たのに」

「カーロッタ派の名士だぞ。密告じゃヤバイ。弾劾の口実になる。かといって審問手続きを取って記録に残したくなかった。反魔術士派も、そのさらに反対派も活気づけたくない。あいつについては――」

と、砂地に残った娘の足跡にあごをしゃくって示し、不承不承つけ加える。

「何人も死地に送ってきたんだ。これからもな。娘だけ例外じゃ防衛体制は崩壊する……俺やお前だけで全部できるならそれでもいいだろうけどな」

ポンと肩を叩いてこうも言った。

「それに、言ったろう。信頼して任せてる。騎士団最強の魔術戦士にな」

「給料上げてください」

「事務方が承認したらな」

つまり無理ということだ。

文句を言おうとマジクが口を開きかけると、校長は――タイミングを見計らったとしか思えなかったが――村のほうを見、言い出した。

「おっと。あいつ帰ってくるな。適当に誤魔化しといてくれ」

「分かってますよ」

また感謝のジェスチャーを投げて校長は木立の中に逃げ込んでいった。彼が姿を隠すと入れ替わるように弟子が現れる。

泣き顔をくしゃくしゃにして決死の覚悟のようだった。どこで拾ったのか木の棒を構えて、カクカク震える足でぎこちなく駆け寄ってくる。

「は、は、は、走っても間に合わないからー！」

そんなことを叫ぶと、マジクを守るように立ちはだかった。もっとも敵はもうどこにもいないのだが。

「やっぱり加勢に……ええと、あれ？」

ようやく気づいたのだろう。あたりにはなにもいない。涙のたまった瞳で、恐らくは姿も思い出せないはずの怪物を探す弟子に、マジクは告げた。

「大丈夫。解消したよ」

「なんだ……」

弟子は言葉とともに力を抜くと、その場にくずおれて棒を落とした。

目を瞬いて涙を拭えば、もうケロッとしている。まあ、そんな弟子だ。

「あんな大騒ぎして、師匠より弱っちかったんですか、あれ」

「うん。まあ、そうかな」

マジクはうなずいて、手を貸すと弟子を立たせてやった。

単行本あとがき

さて、あとがき続きです。

もう前回に引き続き、本題にパパッと入ってしまいますが、時系列ってやつです。本編というか、元のシリーズ。これは大体半年強から一年弱の間に起きた出来事という感覚でいました（なお無謀編はその前の約半年です）。四季のない国、ということであんまり時間経過も意識してなかったので曖昧ですが。

暦といえばこのお話、月や週というのはないという設定でやってましたが、時々作者が忘れたり、なんかもうわけが分からなくなったりで、ちょくちょく○か月前～とか、先週とか言ったりしていることもありました。まあもう、今では有耶無耶《うやむや》の設定です。そんなん結構ありますね。

それはおいといて、問題になるのはその後の時間経過です。

クリーオウがレティシャ家に居候していたのが約一年。「一年経ったら判断する」という約束なので、これはおおむねはっきり一年と考えるのが自然だろうと思います。家を出てアーバンラマまで行くのに一～二か月？　ここはあんまり長くなるとややこしそうなので一月としましょう。開拓計画が一年ちょいで準備できるかというと甚だ微妙な気はしますが、まあ準備不足をさんざん言っていたのでそのくらい無茶な突貫計画だったんだと思うことにします。

わたしの中で一番怖いのは航海の期間です。かなり誤魔化し入ってます。

これをあまり長くできないのは後述の、マヨールの往復が関わってくるから（下手をするとマヨールは何年も船上で過ごすようなことになりかねないわけです）。あと、開拓民が増加するペースもありますかね。かといってあんまり短いわけもないよなあ……みたいな。

コロンブスの航海が出港から帰港まで八か月くらいだったようなので、ここはもうばっさりと三か月ということにします。航路がはっきりしてからは片道一～二か月。

ええと、これでオーフェンが最初に原大陸に着いたのが元シリーズ終了の一年と四か月（プラスいくらか）後ってことになりました。先行していたカーロッタ村（当時はまだキムラック村）との遭遇と抗争に半年ほどを費やし、魔王スウェーデンボリーに会って魔王術の原形が出来たのもこの時期。魔術の使えないエド・サンクタムも追加の開拓民に紛れていて、魔術能力を取りもどすまでには一悶着ありました。多分。

この頃に主人公が結婚しているはず。一年後、ラッツベインが生まれるわけですが、そのあたりでマジクその他の〝遅れてきた〟連中が来ると、なんとか団結しかかっていた開拓団の間にまた反魔術士や反資本家の空気が強まって、教主亡き後のカーロッタ対魔王オーフェンの立ち位置が完成します。これが元シリーズ終了の三年後、ってことになるのかな。

メイソンフォーリーンとキャプテン・キースが船もろとも相打ちするのはこの時。状況がある程度落ち着いて、魔王スウェーデンボリーから魔王術の伝授が行われるように。戦術騎士団の原形が出来て、魔術戦士という言葉が生まれると。騎士団の基礎はオーフェン、マジク、エドの三人から始まって、神人種族との遭遇を想定した組織作りが整備されます。魔術士の立場の強化に不満がある開拓民は騎士団のコントロールを市議会（当時はニューサイト市議会）が握るわけですが、この時期にはもう各地の開拓村も大きくなってきていて、たとえばカーロッタ村、ローグタウン、ラポワント村なんかが今度はニューサイトの集権っぷりに文句を言い出します。これには建前もあって、同じ文句のように聞こえてもカーロッタ村は騎士団の弱体化を図っているし、ラポワント村のサルア村長の下に集った元キムラック教徒はニューサイトの元アーバンラマ資本家の力を削ぎ落としたいというように、バラバラです。

これをまとめる統合的な行政府が必要だということになって、原大陸全体の大統領と全域裁判所を作ろうという話になります。それが成立するのはまた後の話で、その時にはまた状況が大きく変わってるんですが……

直後、神人種族デグラジウスの出現によってニューサイトが壊滅します。戦術騎士団の最初の大きな戦いがこれになります。ニューサイトの住民はアキュミレイション・ポイントに避難して、以後はそこが街に。

この出来事は禍根を遺して、ひとつにはニューサイト跡地には近づくこともできなくなり、そこに集っていた元アーバンラマ資本家たちがかなり弱体化したこと。一方で壊滅災害に対処した指導力からエドガー・ハウザーが初代の大統領に指名されたこと（各地の有権者の指名で、カーロッタやサルアのような既に実権を持った人間が嫌われたというのもある）。裏の世界では魔王オーフェンがデグラジウスを消し去る偽典構成に成功し、エドやマジクをも恐れさせたことも。

また、戦術騎士団は元々の予定では大統領の指揮権を受け入れるはずだったんですが、この戦果によって魔王オーフェンがそれを拒否。論拠は、壊滅災害は一都市を予兆なく滅ぼすため、もっと広汎な〝執行判定票〟という（かなり珍妙な）制度のほうが安全だ、というもの。これも結構大きな遺恨で、オーフェンの悪名を高めた一因となりました。

長くなってきちゃいましたが、一気に飛んで十六年後、元シリーズの終了から二十年後に、この巻の出来事、マヨールの渡航となります。十九歳です。クリーオウがレティシャの家を出てすぐに彼が生まれているので、こいつの年齢を基準にすると分かりやすいですね。

どうも数字をはっきり書くと、どっか矛盾してるんだろうなーって不安が湧きますね。あるだろうなー、きっと……

次巻はさらに三年後。マヨール二十二歳。ラッツベイン二十歳、エッジ十九歳、ラチエット十五歳。

うーん。次のあとがき、なに書くかなー。ではっ!

二〇一一年――

秋田禎信

文庫あとがき

どうも、秋田です。

実は前回分かってなかったんですが、今回の文庫版って、前の単行本の時のあとがきも収録されてるんですね。なんかあとがきが連続していてどうなんだ、己語りくどすぎないか、作者すげえ出たがりみたいに見えてしまってないか心配なんですが。そもそもこの巻の話とかしたら内容もかぶりそうじゃないですか。

というわけで昔書いたあとがきを確認してからこれ書かないといけないと気づいたわけです。データどこにやったかな。本の実物でもいいけど……

読み返してみたらなんか設定的なあれやこれやみたいな感じっぽいですね。まあこれならかぶらないか。

あとがきはいつも苦手ですが、あとがきを読み返すのはさらに苦手です。大抵の場合苦し紛れでわけ分からないこと書いてますね。本編も大差ないだろ、と言われたらそれもその通りなんですが。

過去のデータ発掘していてしみじみ感じるわけなんですが、このオーフェンの続編シリーズってやつ、なにげに結構な量書いてるんですよね。そういうの自覚ないのかよ、って話ではあるんですが、まあ、なんていうのか、ないのです。全然。

シリーズ書く時っていつも潜水する心地です。泳ぎ切ってみないとどれくらい潜ったのかよく分からないんですよね。

この巻は特にそれ感じます。確かこの時点ではこの先を書くつもりがなかったと思うんですけど、だから最後にマヨールを家に帰してしまっているし。そのせいで、いざ続きを書くとなったら再開が設定上、三年後とかになっちゃって。他にものちのち足かせになる設定が目白押しなのがこの巻です。お前には苦しめられたぜ、まったく。まあ設定なんて苦しいくらいがちょうどいいんでしょうけどね……

というわけでそろそろ、今回もこんな感じで。

また次の巻末でお会いできれば幸いです。

それでは！

二〇一七年七月――

秋田禎信

動!
キエサルヒマの終端
Season 2 : The Sequel
約束の地で
Season 4 : The Pre Episode
原大陸開戦
Season 4 : The Episode 1
解放者の戦場
Season 4 : The Episode 2
魔術学校攻防
Season 4 : The Episode 3
鋏の託宣
Season 4 : The Episode 4
女神未来（上）
Season 4 : The Episode 5
女神未来（下）
Season 4 : The Episode 6
魔王編
Season 4 : The Extra Episode 1
手下編
Season 4 : The Extra Episode 2
第四部文庫化10か月連続刊行!
魔術士オーフェンはぐれ旅
SORCEROUS STABBER ORPHEN
Season 4 : The Episode 1
原大陸開戦
2017年
11月1日発売!

1994年
我が呼び声に応えよ獣
2014年
女神未来
2019年
25周年
始
緊急速報!
「牙の塔」時代「プレ編」
コミカライズ企画進行中!
兄さんの出番はないけど…
新企画続々!詳しくは
公式HP ssorphen.com
公式Twitter #オーフェン #オーフェン25周年へ

本作は2011年10月に小社より刊行されました。

TO文庫

魔術士オーフェンはぐれ旅
約束の地で

2017年10月1日　第1刷発行

著　者　秋田禎信
発行者　本田武市
発行所　TOブックス
〒150-0045東京都渋谷区神泉町18-8
松濤ハイツ2F
電話03-6452-5766(編集)
0120-933-772(営業フリーダイヤル)
FAX03-6452-5680
ホームページ　http://www.tobooks.jp
メール　info@tobooks.jp

本文データ製作　TOブックスデザイン室
印刷・製本　中央精版印刷株式会社

Printed in Japan　ISBN978-4-86472-613-9